佛陀盛世

中国佛教协会成立

陈栎宇　编写

吉林出版集团有限责任公司

图书在版编目（CIP）数据

佛陀盛世：中国佛教协会成立/陈栎宇编.

—长春：吉林出版集团有限责任公司，2010.3

（共和国故事）

ISBN 978-7-5463-2631-3

Ⅰ．①佛… Ⅱ．①陈… Ⅲ．①纪实文学 – 中国 – 当代 Ⅳ．①I25

中国版本图书馆 CIP 数据核字（2010）第 045922 号

佛陀盛世——中国佛教协会成立

编写　陈栎宇

责编　祖航

出版发行　吉林出版集团有限责任公司

印刷　北京楠海印刷厂

版次　2011 年 3 月第 1 版　　　2016年3月第7次印刷

开本　710mm×1000mm　1/16　　印张　8　字数　69 千

书号　ISBN 978-7-5463-2631-3　　定价　29.80 元

社址　长春市人民大街 4646 号　　邮编　130021

电话　0431 – 85618720　　　传真　0431 – 85618721

电子邮箱　sxwh00110@163.com

前　言

　　自 1949 年 10 月 1 日中华人民共和国成立至今,新中国已走过了 60 年的风雨历程。历史是一面镜子,我们可以从多视角、多侧面对其进行解读。然而有一点是可以肯定的,那就是,半个多世纪以来,在中国共产党的领导下,中国的政治、经济、军事、外交、文化、教育、科技、社会、民生等领域,都发生了深刻的变化,中国人民站起来了,中华民族已屹立于世界民族之林。

　　60 年是短暂的,但这 60 年带给中国的却是极不平凡的。60 年的神州大地经历了沧桑巨变。从开国大典到 60 年国庆盛典,从经济战线上的三大战役到经济总量居世界第三位,从对农业、手工业、资本主义工商业的三大改造到社会主义市场经济体制的基本确立,从宜将剩勇追穷寇到建立了强大的国防军,从废除一切不平等条约到独立自主的和平外交政策,从"双百"方针到体制改革后的文化事业欣欣向荣,从扫除文盲到实施科教兴国战略建设新型国家,从翻身解放到实现小康社会,凡此种种,中国人民在每个领域无不留下发展的足迹,写就不朽的诗篇。

　　60 年的时间在历史的长河中可谓沧海一粟。其间究竟发生了些什么,怎样发生的,过程怎样,结果如何,却非人人都清楚知道的。对此,亲身经历者或可鲜活如昨,但对后来者来说却可能只是一个概念,对某段历史的记忆影像或不存在或是模糊的。基于此,为了让年轻人,特别是青少年永远铭记共和国这段不朽的历史,我们推出了这套《共和国故事》。

《共和国故事》虽为故事,但却与戏说无关,我们不过是想借助通俗、富于感染力的文字记录这段历史。这套 500 册的丛书汇集了在共和国历史上具有深刻影响的 500 个重大历史事件。在丛书的谋篇布局上,我们尽量选取各个时代具有代表性的或深具普遍意义的若干事件加以叙述,使其能反映共和国发展的全景和脉络。为了使题目的设置不至于因大而空,我们着眼于每一重大历史事件的缘起、过程、结局、时间、地点、人物等,抓住点滴和些许小事,力求通透。

历史是复杂的,事态的发展因素也是多方面的。由于叙述者的视角、文化构成不同,对事件的认知或有不足,但这不会影响我们对整个历史事件的判断和思考,至于它能否清晰地表达出我们编辑这套书的本意,那只能交给读者去评判了。

这套丛书可谓是一部书写红色记忆的读物,它对于了解共和国的历史、中国共产党的英明领导和中国人民的伟大实践都是不可或缺的。同时,这套丛书又是一套普及性读物,既针对重点阅读人群,也适宜在全民中推广。相信它必将在我国开展的全民阅读活动中发挥大的作用,成为装备中小学图书馆、农家书屋、社区书屋、机关及企事业单位职工图书室、连队图书室等的重点选择对象。

编　者
2010 年 1 月

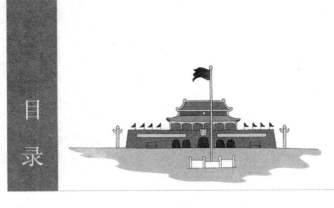

一、协会成立过程

● 北京佛教界人士数百人,在广济寺举行隆重的欢迎大会,欢迎虚云和尚和圆瑛法师。

● 在欢迎大会上,虚云和尚应邀发表讲话,感谢中央和佛教界热诚相邀北上,表示要发大心为全国佛教协会成立,作出应有的贡献,以报四恩。

● 李维汉将《中国佛教协会章程草案》呈送毛泽东审阅。毛泽东阅批时加了"发扬佛教优良传统"一句话。

制定宗教信仰自由政策

新中国成立初期，可谓是百废待兴，党对宗教问题也有一套较完善的政策。政策的法律基础是第一届中国人民政治协商会议通过的《共同纲领》。

《共同纲领》在第五条规定中指出，中华人民共和国的人民有宗教信仰的自由权。在"民族政策"说明时又进一步强调：

> 各少数民族均有发展其语言文字、保持或改革其风俗习惯及宗教信仰的自由。

党在建国初期的宗教政策的着眼点，是维护国家的主权和民族地区的稳定，因此许多政策是针对天主教、基督教和藏传佛教制定的。

1950 年 11 月 8 日，西南军政委员会发布的进军西藏的布告指出：

> 我人民解放军入藏部队，为保障西藏人民信教自由，尊重西藏人民之风俗习惯，必须切实保护各地喇嘛寺庙。未经寺庙主持人许可，不得在寺庙驻军，不得损坏寺内之一切建筑、

经典、佛像、法器等，不得干涉僧众举行宗教
仪式。如有违犯，需加惩处。

1950 年 6 月 26 日，周恩来在政务院第三十七次政务
会议上讨论西北地区民族工作的"总结发言"中指出：

> 对于少数民族的宗教，我们现在也还不能
> 提出改革的口号，以免引起人家的反感。对伊
> 斯兰教，对喇嘛教，都应该尊重。
> 假如少数民族中有积极分子提出要改革，
> 应该好言相劝，劝他们不要着急。这个问题现
> 在还不能提，慢些改比快些改要妥当得多。

同时，对于汉民族地区的佛教问题也作出了一些
规定。

1951 年 6 月 16 日，《中共中央关于汉民族中佛教问
题的指示》中指出：

> 广大佛教徒所崇拜之名山大寺及具有历史
> 文物价值之寺庙，均需妥加保护，防止破坏，
> 不可轻易占用。
> 一般庙宇，已无僧尼住持或住持僧尼自愿
> 交出者，可由政府接管。在僧尼和寺庙较多的
> 城市，需保留少数较大的寺庙，完全归僧尼使

用，便于他们做佛事，使他们感到信仰自由确
有保障。

当时，在政策的实际执行中还是出现了不少偏差。
西北局在《西北局关于禁止拆寺庙毁神像的通报》
中指出：

> 关于贯彻宗教信仰自由政策中，保护文物
> 古迹，虽经中央迭次指示，但仍未引起有些地
> 区党政机关的重视，致使拆毁寺庙、破坏神像
> 的事件接连发生。仅陕西即有扶风之法门寺、
> 户县西焦将村之观音寺、渭南上太庄之柴兰寺
> 等先后被破坏。
> ……

西北局还指出：

> 目前不少干部借口发展文教和社会公益事
> 业，以强迫命令的方式拆寺庙毁神像，甚至限
> 制宗教活动，鼓励僧尼还俗，毁坏法物经典，
> 并以此作为"积极"与"进步"的表现。
> 这样做的结果，不但使我们脱离群众，而
> 且影响所及，又加深了少数民族上层分子对我
> 党宗教信仰自由政策的怀疑，给匪特挑拨煽惑

留下了空隙，使我们在政治上陷于被动。

当时，对佛教问题处理上的偏差造成了一定的社会问题，急需认真对待。

在建国初期，我国的宗教管理机构还不健全、力量还较薄弱，特别缺少懂业务的宗教、民族问题的干部，有些宗教内部的问题，政府和党的机构又不能直接干涉。

因此，中国佛教协会的成立正是时代所需。

筹建佛教协会组织

中国佛教协会是经过毛泽东和党中央批准，在中央宣传部、统战部具体领导下发起筹备的。

1952 年，在《中央宣传部、中央统战部关于成立佛教协会的指示》中指出：

> 兹将中央宣传部、统战部 11 月 13 日关于成立中国佛教协会筹备处，及举行汉族地区佛教问题座谈会，向毛主席和中央的请示报告发给你们。
>
> 此项请示已经主席批准，望即参照办理。

经党中央批准后，组织筹备中国佛教协会的工作开始了。

在新中国成立后，被尊称为"近代禅宗泰斗"的高僧虚云和尚就一直在考虑，全国佛教徒应该加强团结，成立一个组织。

当时，北京、上海等地的不少佛教界人士也有这种想法。

1952 年春，当时担任中央人民政府副主席的李济深和中南行政委员会副主席陈铭枢等，以及北京、天津等地的佛教弟子先后致信虚云和尚，礼请他到北京筹备成立全国佛教组织。

同年3月，中央和广东省宗教部门也都先后派人邀请虚云和尚来北京。因此，虚云和尚虽然当时正在生病，但是，他还是决定抱病来北京。

1952年5月10日，虚云和尚一行离开韶关北上。9月17日，虚云和尚到达北京。

与此同时，被邀请的还有著名的爱国、爱教、爱和平的高僧圆瑛法师。

早在1914年，圆瑛法师就当选为中华佛教总会参议长。1928年，被选为中国佛教会会长，并连任7届，成为中国佛教界的领袖人物。

1931年"九一八"事变后，大师义愤填膺，以全国佛教会主席名义致书日本佛教界，谴责日本军国主义者，要求日本佛教徒发扬佛陀的慈悲救世精神，制止本国的侵略行径，维护东亚和世界和平。

1937年卢沟桥事变后，圆瑛法师召开中国佛教会理监事紧急会议，号召全国佛教徒参加抗日救国工作，并担任中国佛教会灾区救护团团长，召集佛教青年，组织僧侣救护队，积极进行救护抗日伤员的工作。

此后，圆瑛法师又相继在汉口和宁波成立了第二与第三僧侣救护队，与当地军民一道，并肩作战，投入到轰轰烈烈的抗日救亡运动当中去。

当救护队、医院和收容所的经费发生困难时，他便携带其随侍弟子明旸一起去南洋募款，发动"1元钱救国运动"，得到了爱国华侨与华裔的热烈响应，到1939年，总计募得10万多元，并陆续汇往上海，充当抗战经费。他们的爱国行动，受到国内外所有热爱和平的友好人士的赞扬。

1939年9月1日，圆瑛法师因积极响应抗日，被日本宪兵逮捕，投进监狱。在狱中，他虽然遭受了敌人的严刑拷打和威逼利诱，但是，他始终保持了一个爱国僧侣的崇高气节与坚强意志，决不向敌人屈服，取得了斗争的最后胜利，最终获释出狱。

1952年9月，在出席北京召开的亚洲及太平洋区域和平会议期间，圆瑛法师发表了《佛教徒团结起来，争取和平，保卫和平》、《爱教必须爱国》、《我们获得了真正的宗教自由》等讲话，向世界宣布，中国佛教徒热爱自己的祖国，拥挤世界和平。

1952年9月25日，北京佛教界人士数百人，在广济寺举行隆重的欢迎大会，欢迎虚云和尚和圆瑛法师。

在欢迎大会上，虚云和尚应邀发表讲话，感谢中央和佛教界热诚相邀北上，表示要发大心为全国佛教协会成立，作出应有的贡献，以报四恩。

1952年10月14日，当时的中央统战部部长李维汉召集政府副主席李济深，佛教界高僧虚云、圆瑛等人在北京广济寺召开佛教协会发起座谈会。

在会上，李维汉解释了党的宗教政策，号召佛教信徒分清敌我，为保卫祖国和世界和平及协助政府贯彻宗教信仰自由政策而努力。

在会上，经过参加会议的人员选定，由赵朴初、巨赞、周叔迦、郭朋、何成湘、赵范组成联络小组，负责中国佛教协会的初步准备工作。

在会后，李维汉及时把有关情况向中央领导毛泽东和周恩来作了详细的汇报，并得到了他们的批准。

然后，联络小组提出：由佛教界高僧虚云、喜饶嘉措、内蒙古甘州寺大活佛噶喇藏、五台山扎萨喇嘛罗桑巴桑、西藏致敬团团长柳霞·土登塔巴、扎什伦布寺大堪布丹巴日杰、西藏萨迦寺大卓巴多吉占东和圆瑛、能海、巨赞、法尊法师，以及赵朴初、吕澄、周叔迦、陈铭枢、董鲁安、叶恭绰、林志钧、向达、郭朋等佛教界人士共 20 人，为中国佛教协会发起人。他们起草了发起报告。

中国佛教协会发起报告上报中央后，经习仲勋、李维汉与邓小平商定同意，决定召开发起人会议。

召开佛教协会发起会议

在党中央、中央人民政府的关怀和支持下，经过佛教界知名的长老、居士多次会谈商讨，1952 年 11 月 4 日至 5 日，中国佛教协会发起人会议在北京召开。

中国佛教协会发起人会议包括汉族、藏族、蒙族、苗族 4 个民族和华东、中南、西南、华北、内蒙、西北、西藏 7 个地区的佛教界代表人物。

中国佛教协会发起人会议，详细研究和讨论了发起组织中国佛教协会的宗旨、任务与组织等事宜。同时还座谈了有关佛教本身的一些重要问题，取得了一致的意见。

会议通过了《中国佛教协会发起书》。主要内容如下：

中国人民的解放，给予了中国佛教以涤瑕荡垢，重见光明的机会。

3 年来，人民中国的一切，是值得佛教徒热情歌颂的。

我们歌颂广大地区经济改革的成就，使佛教徒不再为封建经济所束缚，而得以恢复持戒精进的生活；我们歌颂镇压反革命，尤其取缔反动会道门的胜利，使佛教徒得以分清邪正，警惕阴谋而护持宗教的纯洁；我们歌颂抗美援朝保家卫国的伟大运动，使佛教徒有了报国土恩、报众生恩的殊胜因缘；我们歌颂宗教信仰自由之日益得到切实而周到的保护；我们歌颂民族政策之正确而完善的执行，使所有信仰佛教的各民族兄弟们都能够在这一友爱的大家庭中和衷共济，弘法利生。

我们歌颂这一切；我们感谢这一切的领导者，我们伟大的领袖毛主席和中央人民政府；同时我们也引以自庆，因为佛教徒在这一切成就中，也贡献了一部分的力量。

为了更进一步发挥我们的力量以迎接我国即将开始的大规模建设，和继续加强保卫世界和平运动，我们感觉到需要一个联系全国佛教徒的组织，而且我们认为在今天的因缘，已经成熟。

因此，我们发起组织中国佛教协会，以团结佛教徒在人民政府领导下参加爱护祖国、保卫世界和平的运动，协助政府贯彻宗教信仰自由政策，并与各地佛教徒联系协进弘法利生事业。我们已于 11 月 5 日在北京举行了发起人会议，准备在适当时期召开成立会，邀请各方面佛教人士参加。并决定先行设立筹备处负责与各方面联系协商及其他有关的筹备工作。

我们相信我们的发起，将会得到各地佛教同仁的同情和协助。我们诚恳地企盼着诸方大德的指教。

发起人：虚云、喜饶嘉措、噶喇藏、圆瑛、柳霞·土登塔巴、丹巴日杰、罗桑巴桑、多吉占东、能海、法尊、巨赞、陈铭枢、吕澄、赵朴初。

发起人会议还决定成立中国佛教协会筹备处，一致推定赵朴初、柳霞·土登塔巴、丹巴日杰、巨赞、周叔迦、郭朋、李一平为筹备处人员，并邀请全国政治协商会议民族事务委员会赵范委员和政务院宗教事务处何成湘处长等9人组成筹备处。

由赵朴初任主任，从事筹备召开成立会的工作。

这次会议一致决定，于1953年阴历四月初八，即释迦牟尼诞辰纪念日，召开中国佛教协会成立会。

《中国佛教协会发起书》和发起新闻，经习仲勋、李维汉核送邓小平审订后，交新华社公开发布。

之后，李维汉将《中国佛教协会章程草案》呈送毛泽东审阅。毛泽东阅批时加了"发扬佛教优良传统"这句话。

从此，在《中国佛教协会章程》中也一直保留了"发扬佛教优良传统"这句话。

中国佛教协会筹备处成立后，做了下列各项工作：

中国佛教协会筹备处和各地区进行联系，调查情况。全国 29 个省及 10 个直辖市的佛教四众，提供了教务上的意见，先后收到建议、意见、提案等共 200 多件，筹备处进行分类整理，推定 15 位代表组成委员会，进行审查。

中国佛教协会筹备处商定了邀请出席成立会议的代表名单，根据发起人会议所决定的照顾地区、民族、宗派的原则，一部分由发起人提名，或各方的"大德"提名，一部分由各地佛教界介绍，经过各地方有关部门和佛教界协商，再由筹备处扩大会议作最后决定。

此次邀请出席成立会议的各民族、各地区、各宗派的代表共 141 人。

中国佛教协会筹备处拟定了《中国佛教协会章程草案》，准备了成立大会必要的组织工作和事务工作，还处理了各地教徒的来信。

经过半年的筹备，筹备处决定于 1953 年 5 月 30 日至 6 月 3 日，在北京举行中国佛教协会成立会议。

举行汉族佛教座谈会

在中国佛教协会发起人会议结束以后，1952 年 11 月 6 日，由何成湘、赵范举行了"汉民族地区佛教问题座谈会"，这次会议也是中国佛教协会成立过程的一个重要的、不可忽视的组成部分。

在这次会议上，各方面取得了几点共识：

关于僧尼的生活问题：僧尼是宗教职业者，除靠做佛事及管理寺庙和佛教文物取得报酬外，还可以自由从事各种正当的社会职业。关于僧尼参加劳动问题，在城市中应以组织生产合作社为主，在乡村中以从事农业生产为主，在山上应以协助政府造林护林为主。年老残废、没有生产能力的僧尼，政府予以救济；从事劳动的僧尼应照顾没有生产能力的僧尼。

关于寺庙产权问题：寺庙为社会所公有，僧尼一般有使用权，但不论僧尼或佛教团体均无处理寺庙财产权。如确系私人出资修建或购置的小庙，仍可归私人所有。

关于佛教文物的保管问题：调查全国应当保存的佛教文物，避免在保管上有遗漏；培养保管佛教文物的干部；在整修寺庙和佛教文物时，要有内行人参加指导，以免在整修时失去佛教艺术的特点。整修时尽可能保持原状，必须防止过分浪费。

关于僧尼戒律清规问题：戒律清规为佛教内部的事情，政府不予干涉，但在某些具体问题上，政府可予以适当的帮助，以便获得合理的解决。

汉民族地区佛教问题座谈会和中国佛教协会成立发起人会议，同样都是中国佛教协会成立会议的重要的前期准备工作，而且在这个会议上解决了一些困扰当时佛教界的重大问题。

《中央宣传部、中央统战部关于成立佛教协会的指示》在党内作了传达，这个指示成为以后很长一段时间内的佛教工作的指导性文件。

这两次会议采取的协商、对话、交流的方式，也为党和政府领导佛教工作找到了比较民主的办法。中国佛教协会的成立，初步找到了僧尼教务自治的方式，具有深远的历史意义。

中国佛教协会正式成立

1953 年 5 月 30 日至 6 月 3 日，中国佛教协会成立会议在北京隆重举行。

来自全国西北、西南、东北、华东、中南、内蒙古以及西藏和云南边境地区，包括汉族、藏族、蒙族、满族、苗族、维吾尔族等 7 个民族的活佛、喇嘛、法师、居士代表共 120 人出席了会议。

这体现了广泛的代表性，也表明了全国各地区、各民族、各宗派佛教界空前的大团结。

在开幕式上，藏传佛教爱国高僧喜饶嘉措致开幕词。他说：

> 中国佛教协会成立会议今天开幕了，我代表佛教协会筹备处，向远道而来的各位大德居士表示深切的敬意，并祝会议圆满成功。
>
> 大家都知道，中国佛教协会的成立，是中国佛教徒的一件大事。今天我们所以能够召集这样的盛会，是由于新中国的建立及其伟大的成就，是由于人民政府实现了毛主席的宗教信仰自由政策，是由于全国佛教徒在爱国主义的教育下形成的亲密团结。因之在这个会上，我

们不能不深切地感谢共产党、毛主席和中央人民政府。今后我们应紧密团结，热爱我们的祖国，为和平事业做更多的努力。

……

在会上，筹备处主任赵朴初居士向大会作了《中国佛教协会发起经过和筹备工作的报告》。他说：

在国家的民族平等政策和宗教信仰自由政策的光辉照耀之下，全国信仰佛教的四众弟子，不管寺院制度生活习惯的不同，都能够在这一个友爱合作的大家庭中亲密团结，改变了过去不相往来的情况。佛教徒的宗教生活得到了尊重与照顾；佛教徒的政治地位和社会地位得到了提高；过去无论如何不可能达到的关于宗教信仰自由与权利的要求，已经得到了实现。使佛教徒在人民事业中获得了充分机会可以贡献自己的力量。

3年多以来，全国各地佛教徒积极参加了抗美援朝运动和保卫世界和平运动，大大地提高了爱国主义的精神。在爱国运动中，订立了爱国公约，不少佛教徒参加了各种工作，而且不少人在工作中得到了表扬。有的寺庙当选为优抚工作模范，有的僧尼当选为冬季教师模范，

协会成立过程

在建设事业中，有的僧尼当选为水利模范、卫生模范等。

在民主建政事业中，全国各省市乃至一部分县的人民代表会议都有佛教徒参加。在少数民族地区，佛教徒参加政府领导工作，则是到处皆见之事。而一些城市的基层工作，也产生了不少的僧尼骨干分子，如北京各寺院僧尼参加各项基层工作的就有100多人。

在保卫世界和平运动中，佛教徒参加了保卫世界和平的签名运动，派代表出席亚洲及太平洋区域和平会议及维也纳的世界人民和平大会。

这样的情况，便为中国佛教协会的产生具备了条件。

赵朴初还报告了中国佛教协会的发起及筹备经过，并对筹备处起草章程时所提出的几个主要问题作了说明。

赵朴初还详细地指出了全国佛教徒今后努力的方向。他说：

今天，我们的首要任务是团结所有四众佛教徒参加爱护祖国和保卫和平的运动。

佛教徒爱护祖国就必须广泛地组织共同纲领的学习和时事学习。只有进行学习，我们才能够提高认识，更好地为人民服务，利益众生；只有进行学习，我们才能够契理契机地弘扬佛法；只有进行学习，我们才能够分清邪正，保护宗教的纯洁，与全国人民结成牢固的爱国统一战线。

我们应当为继续加强抗美援朝运动而努力；我们应当在各个岗位上积极参加国家经济建设、民主建设和文化建设；我们应当积极参加保卫世界和平的斗争，反对侵略，反对美帝国主义发动新的第三次世界大战，拥护五大国缔结和平公约，争取全世界全人类的和平。

只有从不断的努力实践中，才能够真实发扬佛教徒爱国精神和积极救世的精神。此外，我们应当认识到协助政府贯彻宗教信仰自由政策，为建设祖国与保卫世界和平而努力。

……

最后，赵朴初谈了如何发扬佛教优良传统和佛教文物的调查和保护的问题。

在会上，虚云和尚提出 3 条提案：

1. 汰除迷信外道渣滓，严戒律清规，以增大众信仰；2. 进一步阐发教义和各宗精义，以彰明佛法真相；3. 建议全国佛教徒，特别是出

家僧众要图谋自力更生，倡导计劳受酬，以维
护佛门根本。

这3条提案得到了参会代表的一致赞同，得到了会
议的认真对待。

这次会议还听取了中央民族事务委员会副主任汪锋
作的时事报告，中共中央统战部部长李维汉到会讲了话。

会议通过了《中国佛教协会章程》和有关决议。《章
程》第二条规定中国佛教协会的性质是：

> 中国佛教徒的联合组织，其宗旨为：团结
> 全国佛教徒，在人民政府领导下，参加爱护祖
> 国及保卫世界和平运动；协助人民政府贯彻宗
> 教信仰自由政策；并联系各地佛教徒，发扬佛
> 教优良传统。

会议推举达赖喇嘛、班禅额尔德尼·确吉坚赞、虚
云、查干葛根为名誉会长；选举圆瑛法师为会长，喜饶
嘉措大师、公德林·晋美吉村、能海、赵朴初、噶喇藏、
祜巴、阿旺嘉措为副会长；赵朴初兼任秘书长，巨赞、
周叔迦、郭朋为副秘书长。

1953年6月3日，中国佛教协会成立会议圆满结束。
在会议闭幕式上，佛教界高僧能海法师致闭幕词，他说：

中国佛教协会成立会议的工作已经圆满地完成了。

在会议过程中，我们普遍地提高了认识，发扬了爱国主义精神，加强了政治责任感，明确了立场，整齐了步伐。这些方面的成就，为今后佛教工作打下了很好的基础。

我们会议之所以获得成功，首先应当感谢毛主席、中国共产党和中央人民政府正确的英明的领导，应当感谢中央各有关机关不倦的指导和大力的帮助，也应当感谢各地佛教人士热情的关怀和支持。

最后我代表全体代表向会议的全体工作同志们表示感谢，是他们的辛勤工作保证了会议的顺利进行。

各位法师，各位居士，我们要在此次会议胜利的基础上继续努力，加强爱国主义的学习，努力参加爱国运动和保卫世界和平运动，为实现本会章程所规定的宗旨而奋斗。

从此，中国佛教协会作为全国各地区、各民族、各宗派佛教徒的联合组织诞生了。

中国佛教协会的成立顺应了历史的需要。

中国佛教协会既可以代表佛教界的利益，党和政府又可以通过它实现对佛教界的管理，解决与佛教界的沟通问题。因此中国佛教协会是一个有生命力的组织。

　　事实证明，中国佛教协会的成立为协助党和政府贯彻宗教信仰自由政策，团结各民族佛教徒共同建设祖国大家庭，发挥了桥梁纽带作用；为发扬佛教的优良传统，推进全国佛教事业的建设与发展，起到了组织领导和规划协调的作用；也为社会稳定、民族团结、国家繁荣、祖国统一、国际友好、世界和平作出了积极的贡献。

二、 爱国爱教活动

● 真如禅寺农林队僧众锄挖肩挑，甚至在工具不够时，还采用刀耕火种的方法，开垦荒地，场面十分壮观。

● 净智早起晚归，到山下担水，山上植树。每天往返二三十趟，风雨不误。10 年栽树 10 万多棵，为寺院周围的山坡披上了绿装。

● 五台山的能成法师当选为全国造林模范，并先后两次受到国家主席毛泽东的接见和表彰。

参加生产建设活动

　　20 世纪 50 年代，是新中国百废待兴、革命和生产同步发展的时期。佛教界热情高涨，开展生产化、学术化运动，组织起各种形式的生产队、工厂和企业，从事织造、缝纫、园艺、印刷、丧葬等工作，实现自力更生。

　　1953 年 7 月，中国佛教协会名誉会长虚云和尚受到云居山真如禅寺僧众的礼请，来到云居山，开始率领僧众实践"农禅并重"的传统，恢复被日军炮火炸毁的寺院。

　　在中国佛教协会成立会议上，虚云和尚就提出建议，出家僧众要严持戒律清规，并图谋自力更生。他也是这样带头来实行的。

　　在入住真如禅寺之后，登山当夜，虚云老和尚就立即开始进行僧团组织的恢复与健全事宜。他与原住寺中性福法师等人召集全体僧众协商组建僧团，坚持以国法佛规为准绳，赏罚分明，完善丛林组织。然后，他又率僧众策划安排农禅生产，实施管理事宜。

　　1954 年春，真如禅寺向永修县人民政府请求成立"真如禅寺僧伽农场"，不久即获批准。

　　真如禅寺僧伽农场设农林生产与建筑两队。农林生产队主要从事垦荒辟地，种植水稻与其他杂粮、蔬菜等工作，同时，营林造林，采摘加工茶叶，伐木砍竹；建筑队则负责寺宇殿堂的修复重建工程。

当时，已经是100多岁的虚云老和尚亲自参加劳动。全体僧众恪守唐代百丈怀海禅师所立的"一日不做，一日不食"的祖训，在坚持如法修持的同时，勤奋劳作。农林队僧众锄挖肩挑，甚至在工具不够时，还采用刀耕火种的方法，开垦荒地，场面十分壮观。

到夏种时，禅寺僧伽农场已垦出旱地10多亩、水田60多亩，且当年开荒，当年栽种。水田当年就种上了水稻，旱地种了蔬菜和杂粮，到秋收时收获稻谷数百公斤，红薯等杂粮500多公斤，解决了寺中僧众的部分口粮问题。

同时，建筑队僧众挖土填基，筑炉烧瓦，登山伐木，打地抛砖，重建梵刹。在1954年，真如禅寺二层楼法堂建筑工程就已经完成。虚云和尚主持开辟楼上用来藏佛经，楼下用来安禅修行，寺院的僧人们都很欢喜。

在虚云老和尚的率领下，真如禅寺丛林修持如法，农禅并重，生产自养成绩卓著。

1955年、1956年两年，在虚云和尚的主持下，真如禅寺僧众克服春雨低温、资金不足等困难，一如既往实践"农禅并重"。当年，收割稻谷2.25万多公斤，杂粮1.3万多公斤。同时，僧众采摘加工制作茶叶，砍竹伐木，加工竹木制品，捡香菇，晒竹笋，收银杏等收入也较为可观，改善了僧人的生活。

另一方面，寺宇殿堂修复重建工程进度加快。年内，相继完成大雄宝殿、天王殿、韦驮殿、虚怀楼、云海楼、斋堂、客堂、报恩堂、西归堂、钟楼、鼓楼等土木建筑工程。

1957年秋，经多方协商，原"真如禅寺僧伽农场"挂靠于当时的国营云山垦殖场，成为场内建制组成之一的"僧伽生产大队"，经济上实行独立核算，自负盈亏。同时，保证集体宗教活动和个人修持的自由进行。在"僧伽生产大队"中，起初仍为农林生产与建筑两个生产队。

1957年夏，真如禅寺修复重建工程基本结束，全寺建筑面积达一万多平方米。寺中殿堂庄严，佛像装金饰彩，法器齐备。同时，这一年农林生产队成绩也很好，寺内僧众口粮达到基本自给。当时，云居山真如禅寺，寺宇清净，道场庄严，农禅并丰，呈现一派"嘉禾满垅，衲僧满堂，耕田博饭，俨然百丈家风"的盛况。

1958年，云居山真如禅寺所属"僧伽生产大队"，增设副业生产队，专司植树绿化，砍山烧木炭，以及副业加工，栽茶、摘茶、制作茶叶等生产。寺院的生产自养，农、副、林业生产收获极丰。

云居山真如禅寺在认真修持，努力搞好生产自养的同时，还积极响应政府号召支援国家建设和生产，捐出木炭3万多公斤、铜铁等金属数千斤。

为了支援云居山垦殖场修建云山水电站，虚云和尚特地派出擅长建筑的一诚法师前去援助。在工程建设中，一诚法师等人作出了特殊贡献，并得到有关部门的高度评价。

新中国成立后，不但云居山真如禅寺僧众力事农禅，全国其他寺院也都响应人民政府号召，开展生产自养。

庐山东林寺从 1960 年果一法师入住后，寺僧共同发心，到远处垦荒开地，与寺院附近农民交换，收赎回寺产田地数十亩，解决了部分寺僧口粮及蔬菜之需，维护了祖庭道场的庄严。宁都青莲寺、石城如日山普照禅寺等寺院"农禅并重"进展也都很好。

据不完全统计，仅在原江西赣州地区所辖寺院僧众中，20 世纪 50 年代生产自养达到基本自足的有 3/4 以上，仅石城县就有 25 名僧尼被评为生产模范。僧人们爱国爱教的行动和贡献也得到了政府和人民群众的肯定和称赞。

参加公益事业活动

中国佛教协会成立后便发出发扬佛教优良传统的号召，其中就包括提倡从事慈善公益事业。当时，全国各地佛教界尽己所能，做了大量慈善公益工作。

《现代佛学》1950年一卷二期提出"我们要努力劝募寒衣救济灾民"，得到各地佛教徒的积极响应。当时，杭州慈云庵证慈尼师就兴办了法云儿童院以救济失学儿童。

在增产节约、防汛救灾等爱国运动中，佛教界也涌现了不少的模范和功臣。

1954年，武汉遭遇特大洪水，武汉僧众为农村分洪区灾民捐赠寒衣507件。因有些棉衣不适合农民穿用，广大尼众连续4个昼夜进行了改制。

栖贤寺还腾出殿堂迎接380多名灾民居住，又在院内搭盖棚子，使3820人有了栖身之所。因此，在武汉的抗洪工作中就有好几位佛教僧人和居士荣获了功臣的称号。

在政府保持水土、防灾兴利的号召下，我国佛教造林护林的特殊的优良传统也得到了发扬。在热河地区，净智法师绿化了5座荒山，被评为绿化模范。

净智法师，1912年出生在辽宁省朝阳县台子乡苏家屯。他19岁进入华严寺受戒为僧。20世纪30年代，华严寺四周山荒岭秃，水土流失严重，土地贫瘠。

净智入寺后，感叹宏伟庄严的寺院周围满目荒凉，便产生了广植树木的想法。他得到师父的恩准：不上早课，专门植树。

净智认为"日栽百棵树，胜造一级浮屠"。于是，净智早起晚归，到山下担水，山上植树。最远的一次要走近1000米，每天往返二三十趟，风雨不误。10年栽树10万多棵，为寺院周围的山坡披上了绿装。

净智担任华严寺监院后，便把植树造林当做本寺参佛悟道的第一大课题，日日习之。他带领全寺僧众把寺院周围大大小小的山都栽满绿树后，又把目标定在栽经济林上，以便让寺院和一方百姓都富起来。

从寺院到山下的两条沟全长1500米，他们在沟上修大坝数十道；修闸谷坊200多处，沟旁栽杨、柳、榆树1000多株；修造河塘台田，栽了梨、花椒、核桃、苹果等树600多株；闸沟拦淤，掘石垫土造田40亩，使荒凉的山沟变成了"世外桃源"。

净智带领师兄弟们绿化完周围的山沟后，又把沟深膛大的北窑沟、大小南沟、正西沟都栽满了树。

37年风霜雨雪，37载酷暑严寒，净智法师亲手栽树800亩，全寺僧众共栽树2800亩，实现了他"为寺院和一方百姓开创福业"的夙愿。

净智法师 37 年如一日植树育林，受到各级政府的表彰。1952 年，热河省政府授予他林业劳动模范称号。1954 年，他被国务院评为林业劳动模范，同年出席全国群英会，获全国水土保持优胜红旗一面。他于 1967 年圆寂。

在当时，为了绿化佛教圣地五台山，僧人们每年展开春、夏、秋三季植树活动。1953 年，山上僧人手栽杨柳 1.4 万株，能成法师当选为全国造林模范，并先后两次受到国家主席毛泽东的接见和表彰。

当时，能成法师不顾生活上的清贫艰苦，造林不止，并创造了小穴播种和铲播方法，在五台县得到推广，使植树成活率达 80% 以上。五台山的能海、道原、藏明等僧人都积极带领广大僧众植树造林，坚持不懈。五台山的优美环境与他们的辛勤努力是分不开的。

中国佛教协会对于植树造林，绿化山川大地非常重视。我国每年的植树节，佛教界都会积极响应，组织信徒义务植树，以实际行动表达了佛教徒对于创造和保护美好环境的重视。

参加保卫世界和平活动

1952 年，中国佛教协会第一任会长圆瑛法师，在出席亚洲及太平洋区域和平会议时，就对北京佛教界讲话："我们既为佛子，当做佛事。什么是佛事？保卫世界和平乃是最大的佛事"。这几句话指出了"佛事"与"世事"的一致性，指出了佛教徒努力的方向。

中国佛教协会成立之后，首先着重做的工作就是指导并推动全国佛教徒进行关于爱护祖国及保卫世界和平的学习。

通过学习，各地佛教徒对于时代的认识，对于自己的责任的认识，得到了很大程度的提高，改变了过去不问世事的态度，而积极响应了中国佛教协会提出的"庄严国土、利乐有情"的号召。

在 20 世纪 50 年代的抗美援朝运动中，各地佛教界出钱出力，积极支持国家抗美援朝。此外，中国佛教协会还发动全国佛教徒参加拥护和平宣言的签名和反对原子武器的签名活动。

中国佛教协会负责人员还直接参加国际的保卫和平活动。

1952 年 10 月 2 日，亚洲及太平洋区域和平会议在北京召开。会前，佛教界著名人士纷纷发表文章表示热烈拥护。圆瑛法师、喜饶嘉措大师、赵朴初居士等作为中国代表团的成员参加了会议。

在保卫世界和平的活动中，中国佛教徒还参加了保卫世界和平的签名运动。能海法师当选为世界人民和平大会中国代表团佛教代表，出席在奥地利首都维也纳举行的世界人民和平大会。

1955 年 8 月，赵朴初赴日本参加了"禁止原子弹、氢弹大会"，受到日本佛教界热情友好的接待，这也是新中国佛教界第一次访问日本。

1956 年 11 月，中国佛教协会参加组织中国人民支援埃及反对侵略委员会，并与首都佛教徒一起参加首都各界人民声援埃及的示威大会。

1956 年 11 月，在尼泊尔举行的第四届世界佛教徒大会就是和尼泊尔的纪念活动结合起来的集会。喜饶嘉措副会长、赵朴初秘书长率团参加大会。这次大会代表全世界佛教徒作出了决议送交联合国，要求永远禁止使用原子武器，并呼吁制止任何国家任何形式的侵略行为。

中国佛教协会自成立以来，为维护社会稳定、加强民族团结、促进祖国统一、保卫世界和平作出了很大的贡献。

三、 国际交流活动

● 1955 年 10 月 4 日，中国佛教协会在广济寺举行了隆重的恭送佛牙法会。

● 10 月 15 日，载有佛牙的飞机抵达缅甸首都仰光机场。仰光欢迎佛牙的盛况是空前的，机场上人山人海，无数彩旗迎风飘扬。

● 飞机一着陆，一张特制的金染大座椅抬到舱门前，将盛有佛牙的金制宝塔奉迎下来。

开展国际佛教界友好往来

中国佛教协会成立以后，曾屡次向各国佛教界表达中国佛教徒的一个愿望：

> 中国佛教徒愿在学修与弘扬经教的事业上，在服务人类友好和平事业上和各国佛教兄弟们亲密地携起手来，共同努力。

为了这个愿望，佛教协会不断地加强着和各国佛教徒友好往来的关系。

1955年4月，中国佛教协会应缅甸吴努总理的邀请，派遣了以喜饶嘉措大师为首的代表团到缅甸进行友好访问。同年9月，缅甸联邦佛教会派遣了以吴登貌和吴千吞为正副团长的佛教代表团来到我国，他们迎奉了我国的佛牙舍利到缅甸供缅甸人民瞻礼。佛牙留在缅甸8个月方迎回中国。

同年10月，周恩来接见了到访的缅甸佛教代表团。

1956年3月，我国应印度比哈尔省政府的邀请，中国佛教协会指派坚白成烈堪布和赵朴初居士参加了菩提伽耶管理咨询委员会，他们受聘为该会委员。

同年11月，应印度政府的邀请，中国佛教协会组织了一个佛教文化代表团，前往印度参加了在新德里及各地举行的纪念活动，并朝礼佛教圣地。

我国政府还将玄奘法师舍利一份连同玄奘法师全部译著赠予印度政府，转交玄奘法师母校那烂陀寺，并且赠送玄奘法师纪念堂建筑费人民币 30 万元。赠送仪式于 1956 年 12 月在那烂陀寺举行。

1956 年 5 月，中国佛教代表团还应邀去印度参加了释迦牟尼涅槃 2500 周年纪念活动。同年 11 月，中国佛教协会应尼泊尔佛教复兴会的邀请，组织了中国佛教代表团前往加德满都参加第四届世界佛教徒联谊大会。

1956 年 11 月，中国佛教协会应尼泊尔佛教复兴会的邀请，组织了中国佛教代表团前往加德满都参加第四届世界佛教徒大会。在那里，中国佛教代表团受到尼泊尔政府、尼泊尔佛教复兴会和尼泊尔人民的热情款待。在大会期间中国佛教代表团和各国代表们一同工作，为推进佛教事业、为争取世界和平、为增进各国佛教联系与合作，作出了有益的贡献。

1953 年以后，不少日本佛教界人士为送还中国在日本殉难烈士的骨灰，参加各种性质的代表团来到我国，因而与我国佛教界开始有了一些联系。

这段时间内，中国佛教协会和斯里兰卡佛教界也有过不少联系，并且应斯里兰卡佛教界的请求，协助他们进行佛教百科全书的编纂工作。

中国佛教协会曾先后接待过来自亚洲、澳洲、欧洲、美洲几十个不同国家的来宾。柬埔寨首相西哈努克亲王、老挝首相富马亲王都曾到中国佛教协会来访问过。缅甸总理吴努也曾访问过中国佛教协会所办的中国佛学院。

1956年9月，以阿难陀·柯萨尔雅雅那长老和吉那拉塔那长老为正副团长的包括7个国籍的11位僧人组成的国际佛教僧侣代表团来到我国进行了1个多月的访问。那烂陀巴利学院院长迦叶波也参加代表团一同来中国访问。

他们在8个城市进行了参观、应供、座谈和谈话、说法和讲演等一系列的活动，参加了我国国庆观礼，参加了中国佛学院开学典礼，受到了我国佛教徒热烈的欢迎。

中国佛教协会与各国佛教的国际往来，促进了国际和平友好事业的发展。

组织佛牙舍利巡礼缅甸

1955 年，供奉在北京文济寺的"法献佛牙"舍利首次出巡缅甸，揭开了新中国"佛牙外交"的序幕。

缅甸是佛教十分盛行的国家，传说释迦牟尼佛曾到缅甸讲经。公元 11 世纪时，缅甸的著名国王阿那律陀，就曾想将流传在中国的佛牙奉迎到缅甸。

新中国成立后，中国与缅甸人民的友谊日益加深。

1955 年 3 月，佛牙被迎请到广济寺时，新华社发表了一条英文消息，当即轰动了国际佛教界，许多国家的虔诚佛教徒，都表示希望来中国朝拜佛牙，瞻仰 2500 年前佛陀遗留下来的圣物。

同年 4 月，以中国佛教协会副会长喜饶嘉措大师为首的中国佛教代表团，应缅甸吴努总理的邀请，在缅甸访问时，吴努总理向我国驻缅甸大使姚仲明和代表团秘书长赵朴初提出，希望迎请中国的佛牙到缅甸作一个时期的巡行，供缅甸人民瞻拜。

吴努总理说，这是缅甸人民长久以来的愿望，如果他的建议能够得到同意，缅甸政府将郑重地派遣一个使节团到中国迎奉佛牙。我国政府和中国佛教协会为了满足缅甸人民的虔诚愿望，欣然同意了吴努总理的建议。

同年 6 月，缅甸驻华大使吴拉茂带领使馆人员和摄影师来到广济寺，在征得中国佛教协会的同意后，对供奉在舍利阁的佛牙拍摄了纪录片。

9月30日，缅甸政府派遣以缅甸佛协主席、最高法院院长吴登貌为团长，大法官吴千吞为副团长的缅甸联邦佛教代表团一行12人，为迎奉佛牙到达北京。

他们在机场受到我国政府、佛教界和有关人民团体的代表1000多人的热烈欢迎。中国佛教协会还在机场举行了隆重的欢迎仪式。当时，赵朴初副会长和代表团的吴登貌团长都发表了热情洋溢的讲话。

10月1日，代表团参加了我国的国庆活动。当天下午周恩来接见了代表团，晚上，中国佛教协会、国务院宗教事务局和中缅友好协会联合举行宴会，欢迎缅甸客人。

10月3日，周恩来为招待缅甸佛教、文化和军事3个代表团举行宴会，周恩来在讲话时说：

缅甸联邦佛教代表团这次到中国来的使命是迎奉佛牙到缅甸去，供缅甸人民瞻仰。中国政府和中国人民十分愿意帮助我们的缅甸朋友完成迎奉佛牙到缅甸去的使命。

10月4日，中国佛教协会在广济寺举行了隆重的恭送佛牙法会。参加法会的佛教四众弟子1000多人，法会由大悲法师主持。

当时，广济寺内，香烟缭绕，钟鼓齐鸣，彩旗幢幡迎风飘扬。

在僧尼、喇嘛唱赞诵经之后，大悲法师致辞：

> 中国佛教徒为回答缅甸佛教徒诚挚的友谊，同意缅甸联邦佛教代表团的要求，前来奉迎佛牙到缅甸去，供缅甸佛教徒瞻仰供奉。

缅甸佛教代表团团长吴登貌和副团长吴千吞，在法会上讲话，并将玉佛一尊和南传巴利文三藏一部，赠送给中国佛教协会。

法会结束后，佛牙由特备的彩车运载，从西四经阜成门缓缓前行运送到畅观楼，跟在车后送行的佛教徒有1000多人，沿途观看的群众成千上万。这样规模的宗教活动，是北京解放后的第一次。

10月6日，代表团举行告别宴会，周恩来等许多中央和北京市的领导同志以及宗教、文化界的人士都参加了宴会。代表团在京期间，还游览了名胜古迹，朝拜了佛教寺庙，并先后在广济寺、通教寺斋僧。

10月7日，代表团迎奉着佛牙乘火车离开北京，经南京、上海、杭州去广州。以赵朴初居士为团长的中国佛牙护侍团亦随同前往。

佛牙离京时，包用了两节车厢，一节布置佛堂供奉佛牙，以便代表团沿途每天朝拜；另一节是软卧包厢。

由于代表团在沿途各大城市要作短暂停留进行参观访问，直到 10 月 15 日，才由广州乘缅甸派来接运佛牙的专机飞到仰光。

1955 年 10 月 15 日，载有佛牙的飞机抵达缅甸首都仰光机场。仰光欢迎佛牙的盛况是空前的。机场上人山人海，无数彩旗迎风飘扬。

缅甸总统巴宇博士、总理吴努、陆海空三军司令、政军要员及各国使节都赶来欢迎。

飞机一着陆，一张特制的金染大座椅抬到舱门前，将盛有佛牙的金制宝塔奉迎下来。

这座宝塔是专门从北京故宫中调拨的，重 153 公斤，嵌有 800 多颗珠宝。

当时，法螺、锣鼓齐鸣，巴宇总统随后又接受了木匣、古塔塔砖拓卷，在场上三呼"萨度"。"萨度"即"善哉"的意思。

巴宇总统激动地对全场人说："感谢毛泽东主席、周恩来总理、中国政府和中国人民。由于他们深厚的友谊，缅甸人民的历史愿望得到了满足。"

佛牙金塔先被抬到绚丽的彩棚中，接受全场人的礼拜，又由总统、大法官、上下议院议长、佛协主席抬上彩车，在市区内巡行一周。最后，佛牙金塔送到仰光世界和平塔旁的吉祥石窟中供人瞻仰。

吉祥窟，是缅甸政府为第六次佛经结集修建的大会场，外表是岩石山洞，内部则是能容纳数千人的大会场。

佛牙舍利在缅甸展出8个月后才送奉回国。8个多月的时间里，有 100 万人从缅甸全国各地来到仰光朝拜佛牙。

1956 年 6 月 5 日，缅甸佛教会在仰光机场举行了隆重的佛牙舍利交还仪式，巴宇总统怀着无限感激的心情，亲自把佛牙舍利奉还给中国佛教代表团副团长赵朴初居士。

经过这一系列的来往，大大增进了中缅两国佛教徒相互间的了解，并加强了两国佛教徒在共同信仰基础上的友好合作。

赠送印度玄奘舍利

20世纪50年代，在著名的万隆会议上，印度总理尼赫鲁通过缅甸总理吴努向周恩来致意，恳切希望迎请玄奘大师的部分舍利。

为进一步沟通中印文化交流，促进两国政府和人民间的亲密接触，纪念玄奘法师的美德懿行和丰功伟绩，周恩来亲自征询各方意见，并由中国佛教协会征得天津分会同意后，决定将供奉在天津大悲禅院的玄奘舍利恭送给印度的那烂陀寺。

当时，大悲禅院僧人和天津佛教各界人士心中，对玄奘舍利都有难以割舍的感情。他们认为玄奘舍利是大悲禅院世代修来的缘分和永为自豪的无价之宝，一旦送走，再没有回归的可能。

同时，他们又想到印度那烂陀寺是世界最负盛名的佛教寺庙，又是玄奘大师生前留学讲法的圣地，将玄奘舍利移供于那烂陀寺，不仅是印度僧俗的美好期盼，也完全符合中国僧俗的美好心愿。

1956年10月，天津佛教协会选派当时担任佛协秘书兼大悲禅院监院职务的温悟和尚为领队率领深山、中道、洗尘等和尚和干部张广儒一行5人具体负责护送舍利事宜。

天津市佛协事先将列车上的一节车厢包了下来，布置成临时佛堂供奉舍利，点燃佛灯香烛。温悟、深山、中道、洗尘等僧人身穿礼服，上香礼拜，诵经念佛，表达心中对玄奘大师伟大精神的仰慕恭敬之心。

　　当列车徐徐驰入北京车站时，巨赞、大悲、明真、济广、义方等来自全国古刹名寺的 12 位声望极高的法师早已身穿礼服，恭候多时了。然后，他们同乘轿车，一起将舍利护送到北京广济寺。

　　在广济寺门前，40 多名僧人和 30 多名佛协居士和干部列队合掌迎接。在燃香礼拜大师舍利仪式之后，中国佛协负责人赵朴初居士热情接见温悟一行，称赞他们为中印人民办了一件功德无量的大事。

　　1957 年 1 月 12 日，在中印两国政府及佛教界领导人士精心组织安排下，玄奘大师舍利由达赖喇嘛、班禅喇嘛及济广、义方等高僧乘机护送到印度那烂陀寺。

　　这一天，印度政府和宗教界在那烂陀寺举办了有 5 万多名僧众参加的拜迎大会。

　　玄奘舍利送往印度这件事，在当时很受重视。印度成立了一个专门研究玄奘的专家委员会，委员会的主席由国家总理兼任。在印度小学的教科书中，还专门安排了一个章节来介绍玄奘。

　　在迎请玄奘大师舍利的大会上，两国代表团举行了隆重的赠送仪式。尼赫鲁总理代表印度国家接过舍利。

　　同时，中国代表团代表中国人民政府将玄奘法师的

译著 1335 卷及碛沙藏佛经 1 部赠交尼赫鲁总理，并捐赠人民币 30 万元，作为在那烂陀寺建设玄奘法师纪念堂的费用。代表团还将中国工程技术人员绘制的具有中华民族建筑特色的设计草图，无偿赠送给印度那烂陀寺。

在会上，中国、印度两国政府代表，先后发表了充满真挚情谊的讲话。

曾经在中印两国两千年来的友好交往历史中，作过重大贡献的佛教又为两国的互助合作发挥了积极的作用。

促进中日友好睦邻关系

1952 年 10 月，在北京召开的亚洲及太平洋区域和平会议上，赵朴初代表中国佛教界将一尊象征慈悲和平的铜像，通过日本佛教界的代表，赠送给日本佛教界，以表达中国佛教界的友好心情。

这在日本引起了强烈反响。

1953 年，赵朴初接到日本佛教领袖人士写来的情意恳切的信件。

不久，日本佛教界成立了"中国在日殉难烈士慰灵委员会"，在大谷莹润和菅原惠庆长老的领导下，他们克服种种困难搜集中国在日殉难烈士遗骨 3000 具，派代表团漂洋过海，送还中国。

中国佛教协会也提供各种方便，协助 3 万多名在华日侨返回日本。

这些事情，开始了新中国佛教界与日本佛教界的友好往来，打开了中日民间友好交流的大门，受到周恩来的高度赞扬。

中日佛教交流和中日友好关系史是不可分割的。在漫长的交流史中，两国都涌现了许多为交流、传播佛教作出巨大贡献的大师。

佛教传入日本可以追溯到 1200 年前的鉴真和尚，还

国际交流活动

有 1100 年前先后入唐的日本弘法大师和传教大师，以及 400 年前的隐元禅师等大德高僧，他们是中日佛教交流的使者，也是中日文化交流的功臣。

因为中日佛教的交流从来都不单是宗教的交流，而是两个民族之间以宗教为渠道而进行的全面的交流，包括文学、绘画、音乐、医学、建筑等诸多领域的互相学习、取长补短。

但是，中日两国人民都经历过一段劫火的煎熬，战争带来的创伤使兄弟之邦的人民几乎中断了接触。

新中国成立后，中国和日本佛教界的许多活动都围绕着消除战争伤痕、促进中日和平友好而逐渐展开。

1955 年 8 月，赵朴初居士参加中国代表团出席日本"禁止原子弹、氢弹世界大会"时，获得机会和日本佛教界接触。通过宗教仪式、座谈会、访问和参观，彼此间增进了了解，建立了联系。

在此之后，两国佛教界的访问来往和资料交换逐渐频繁起来，并且在某些事务中，开始了善意的合作。日本方面先后成立了东京日中佛教交流恳谈会、京都日中佛教研究会、冈山日中佛教交流亲和会等组织。他们还出版了《日中佛教》月刊。

从 1955 年起，赵朴初去日本参加"禁止原子弹、氢弹大会"，每次到日本都和中日各界人士特别是佛教界朋友广泛接触，共商和平友好事业。在这方面，日本佛教界朋友劳心竭力，作出了可贵的贡献。

1955 年 11 月 5 日，中国佛教协会副会长兼秘书长赵朴初致电日本佛教界人士，要求将在二战时期被劫到日本的部分玄奘法师顶骨送还中国。但是，东京筑地本愿寺的中山理理却称，要将玄奘法师部分顶骨送往台湾。

19 日，赵朴初紧急打电报给日本京都东本愿寺的大谷光畅法师、大谷莹润法师并转中山理理先生，竭力予以阻止：

> 来电敬悉。承大谷光畅法师答允，尽力制止将现在日本的玄奘法师顶骨运往台湾，至为感佩。玄奘法师的一部分顶骨当初系在何种情况下运至日本，已属过去之事。如日本佛教界同仁愿将玄奘法师顶骨继续留在日本护持供奉，则根据中日两国佛教的悠久渊源，我们可无异议。但对中山理理先生所称拟将玄奘法师顶骨送一部分给台湾，我们断难容忍，并且坚决抗议。
>
> 我们深信，热心促进中日两国佛教关系的诸位法师，定能制止此种势必影响中日佛教徒友好的行动。
>
> 特电布意，并候覆音。

11 月 22 日，中山理理给赵朴初复电称，仍有日本人不顾中国广大佛教徒的坚决反对，企图将玄奘法师顶骨运往台湾。

赵朴初获悉当天日本佛教会理事会将召开会议研究处理办法，他立刻致电中山理理、大谷光畅、日本东京大正大学椎尾辨匡法师并转增田日远法师、东京台东区浅草清町 23 番地日中佛教交流恳谈会菅原惠庆诸法师，通过他们向日本佛教理事会再度表示，中国佛教徒坚决反对把玄奘法师遗骨运往台湾，特请诸位法师对玄奘法师舍利善为护持，务期制止此种不利于中日两国佛教徒友好关系的行动。

赵朴初终于得到日方积极回应，双方进行了很好的合作。

经过中日佛教界人士的共同努力，两国佛教界的交流也比以前更为频繁，为沟通中日两国人民的感情、繁荣中日两国文化、维护世界和平作出了贡献。

四、学术文化活动

● 中国佛学院开学典礼那天清晨，法源寺大雄宝殿内圣洁的香烟，冉冉上升，有时被微风送到幢、幡、宫灯之间，盘旋缭绕。

● 中国佛学院院长喜饶嘉措，在举行开学典礼致辞说："中国佛学院得以创办成立，正式开学，标志着中国佛教的重兴。"

● 周叔迦副会长会同北京图书馆金石部曾毅公亲临石经山主持开洞。他们先把经版抬至工棚，清洗干净，编号后再拓印。拓完后放还原洞，最后仍以石门固封。

发起成立中国佛学院

培养佛教人才的工作，一开始就受到党中央的关怀和重视。在 1952 年筹备成立中国佛教协会时，中央就提出并支持开办佛教学院，培养佛教人才。

1956 年 2 月，在中国佛教协会一届三次常务理事扩大会议上，专门讨论了建立中国佛学院的问题，会议一致通过了《中国佛学院章程草案》，组建了院务委员会。

经国务院批准，经过将近一年的筹备，1956 年 9 月 28 日，培育中国佛教人才的摇篮中国佛学院在北京市法源寺正式建立。

9 月 28 日，中国佛学院开学典礼，在已经有 1300 多年历史的北京法源寺隆重举行。

清晨，大雄宝殿内圣洁的香烟，冉冉上升，有时被微风送到幢、幡、宫灯之间，盘旋缭绕；微笑的佛像也显得格外庄严。

典礼盛况空前，出席开学典礼的有国务院副秘书长张策，国家民委副主任汪锋、杨静仁，国务院宗教事务局局长何成湘等领导人，伊斯兰教、天主教、基督教、道教的代表和正在我国访问的国际佛教僧侣代表团，以及缅甸、印度、越南民主共和国的驻华使节，柬埔寨代表团团长等也参加了开学典礼。

8时30分，中国佛教协会副会长、中国佛学院院长喜饶嘉措大师，佛学院副院长法尊法师和赵朴初居士，教务长周叔迦居士等，领导全体学僧在大雄宝殿举行礼佛仪式，北京市僧、尼、喇嘛、居士随同虔诚地诵经和赞佛。

在庄严的仪式中，正在我国参观的国际佛教僧侣代表团的法师们和国内的西藏参观团、甘肃省牧区少数民族参观团的人们，也虔诚地绕佛和礼拜。

在仪式结束后，由中国佛学院教务长周叔迦主持了开学典礼。

中国佛学院院长喜饶嘉措，在举行开学典礼致辞时，首先对政府和各界的支持表示了衷心的感谢，然后说：

这样规模宏大的佛学院，自从中国有佛学院以来，是从未有过的。这样的佛学院得以创办成立，正式开学，标志着中国佛教的重兴。这也和国内佛教界大德们的努力以及政府从保护宗教的坚定不移的政策上所给予的大力支持是分不开的。

自从公元一世纪佛教传入中国以来，印度、斯里兰卡、西域等国的大德高僧不辞艰辛地历经雪岭、流沙，来到中国，中国的古德也冒九死一生的危险而西行求法，才在中国流传了灿烂的佛教文化。

学术文化活动

今天我们的条件是比古德便利多了，我们更应当继承古德的宏愿，更好地发挥释迦如来的遗训，这所佛学院就是为了这样神圣的目的而建立起来的。

佛学院现暂设两班：

一班是培养佛教教务人才的。课程除"语文"、"宪法"外，依着不同年级，次第设"佛教历史"、"佛典通论"、"佛学基本知识"、"佛教文物常识"、"戒律"等科目。两年毕业后，希望可以担任各地方的寺院工作。

另一班是培养研究佛教学术和弘法人才的。课程除"语文"、"宪法"外，依着不同年级，次第设"佛学通论"、"佛教历史"、"因明学"、"各宗大意"、"经论研究"、"戒律"等科目。四年级毕业后，还可以继续专门研究。

中国佛学院的宗旨，是培养能发挥佛教优良传统的僧伽人才。那么各位师长和学生在教导和学习之中就都应当特别注重到释迦如来对人类的伟大贡献，就更要实践他的慈悲、和平、平等的教训。

人们如能通达了二谛四谛、十二处、十八界、十二因缘、中道实相的真实道理，自然能克制众恶之本的贪、嗔、痴，从而杜绝自私自利，使一切思想、言语、行动，所谓意、口、身三业都会以利他为前提，那就是慈悲、和平、平等的体现。所以慈悲、和平、平等的教义是佛教各宗派共同崇奉无逾的。

在讲话中，喜饶嘉措还提到佛学院将来还要增设梵文、巴利文研究机构和成立尼众分院。

他最后说：

今天要想使佛陀的伟大的遗训能照耀到世界上，发出慈悲、和平和平等的光芒，就迫切需要各国佛教界互相合作。

我们希望遵循古德们遗留的楷模，继续与各个国家的佛教界共同从佛教文化的交流上为昌大佛教的光辉而努力。

国务院宗教事务局局长何成湘在开学典礼上对佛学院的成立表示热烈的祝贺。

他表示，宗教事务局今后将继续对佛学院予以协助和支持。

国际佛教僧侣代表团团长印度巴丹达·阿难陀·柯萨尔雅雅那法师在开学典礼上讲话时，对佛学院致以友谊的祝贺，并希望中国的中国佛学院和印度的那烂陀大学互相学习，相互协助，密切合作。

他们的讲话诚恳而明确，对佛学院寄托很大的希望。

他们一致地希望佛学院师生紧密团结，努力搞好教与学的工作。并希望他们发扬佛教优良传统和为保卫世界和平事业作出应有的贡献。开学典礼上的讲话不断激起听众的掌声。

学院建立不久，陈毅还亲临中国佛学院视察。党中央和国务院领导的关怀，极大地鼓舞了全院师生办好佛学院的热情和信心。

中国佛学院在政府的关怀和支持下，在中国佛教协会领导、佛学院全体师生共同努力和全国佛教界协助下，对培养弘法僧才、发扬佛教优良传统、交流国际佛教文化和支援祖国建设与保卫世界和平事业等各方面都作出了很大的贡献。

振兴佛教文化学术

1950 年 6 月，人民政协全国委员会在北京召开第二次会议。

在会议期间，参加会议的各省市佛教界代表赵朴初、巨赞、喜饶嘉措、李济深、周叔迦等人几经磋商，一致认为当时中国佛教界思想混乱，组织涣散，颓靡不振，犹如一盘散沙，已在危急存亡之秋，难以适应社会需要。所以有必要在首都创办一个全国性的佛教刊物，以传达政府的宗教政策，纠正佛教界内的错误思想，发扬释迦牟尼佛的真精神，以及反映全国佛教界的各种情形，团结全国佛教界力量，振兴佛教。

1950 年 6 月 18 日，现代佛教学社正式成立，负责出版发行《现代佛学》月刊事宜。陈铭枢为社长、巨赞为主编。

9 月 15 日，《现代佛学》出版了第一期，内容包括学理、历史、文物、艺术、问题、通讯等 6 大类。

1954 年 6 月，中国佛教协会成立后，《现代佛学》遂成为该会机关刊物，1960 年 11 月起改为双月刊。

《现代佛学》杂志自 1950 年 9 月创刊后，始终以满足读者需要为宗旨，其思想性、学术性、可读性不断提高，得到了广大佛教徒的认可，对于帮助学习佛教理论和传达政府的宗教政策起了重大作用。

　　为了介绍中国佛教情况，宣扬佛教文化艺术，中国佛教协会还编辑了中国佛教画集、释迦牟尼佛像集等，还编写了"中国的佛教"小册子分别用中英文出版。此外，中国佛教协会还委托中央新闻纪录电影制片厂摄制了"佛教在中国"的电影。

　　在图书文物搜集整理方面，几年来，中国佛教协会收藏的佛教书籍，已发展到 1.76 万多部，5.1 万多册。其中包括各种版本的大藏经 5 部，另外还有藏文经典 830 包。协会保管的佛教文物也逐渐增加，共有雕塑、绘画、经典、法器、水陆画、拓片、照片及杂项等 8 类。

　　在推动佛教学术研究和文化普及工作方面，中国佛教协会在成立初期，主要是借助和指导三时学会和菩提学会的研究、翻译力量进行研究、翻译工作。

　　周绍良、李荣熙等人先后编写了《亚洲各国佛教史要》、《中国与亚洲各国佛教关系史料》、《中国佛教经济史料》及《汉藏佛教词汇》等。

　　在中国佛教协会指导与协助下，北京三时学会英译了《大唐大慈恩寺三藏法师传》、《法显传》、《百喻经》、《法住记》、《比丘戒本》、《比丘尼传》等；汉译了西藏多罗那他大师所著《印度佛教史》和斯里兰卡罗罗比丘所著《斯里兰卡佛教史》等；整理出版了韩清净居士所著《瑜伽师地论科句披寻记汇编》。

　　此外，还进行了梵汉、巴汉佛教词汇的编纂；撰写

《中国佛教文化艺术关系史料》、《中国佛教思想史料》等。

此外，应斯里兰卡佛教界的请求，于1955年成立中国佛教百科全书编纂委员会，着手《佛教百科全书》中国部分的编纂工作。

参与《佛教百科全书》写作的法师、学者有法尊、臣赞、观空、隆莲、吕澄、黄忏华、周叔迦、高观如、虞愚、林子青、田光烈、苏晋仁、郭元兴等人，都是当时国内著名学者，前后写成400余篇，约200多万字。中国佛教协会还协助编纂了中国第一部百科辞典《辞海》的佛教条目。

在新的历史时期，中国佛教协会的文化普及和研究工作，总结和继承了中国佛教文化的精华，丰富了社会主义文化的内容，有利于重振中国佛学研究的国际地位。

发掘整理房山石经

1956 年春季开始，中国佛教协会进行了对房山石经的调查、发掘、整理和拓印的工作。

房山云居寺石刻佛教大藏经，简称房山石经，是一部从公元 7 世纪至 12 世纪陆续刻在石板上的佛教大藏经。

房山石经始刻于隋唐，经辽、金、元、明至清，历时千载，刻经 1100 多部，3600 多卷，各种碑刻 180 余种。房山石经及碑刻，具有很高的文物价值和学术价值。它是研究我国古代文化、艺术，特别是佛教历史和典籍的重要文物，也是世界一宗宝贵的文化遗产。

关于房山石经在文化史上的价值，早已引起国内外学者的重视和研究。然而由于过去传世的经碑数量极少，大部分石经锢藏在石洞和地穴内，因此要作全面深入的研究是不容易的。

新中国成立后，党和人民政府十分重视历史文物的保护工作。从 1956 年开始，中国佛教协会和有关部门一起对房山石经进行了全面的调查发掘和整理工作。

石经山上有 9 个石洞，上层 7 洞，下层 2 洞，除上层雷音洞为壁镶经版可以进入外，其他 8 洞均以石门固封。各洞大小不一，所藏经版也有多有少无规律地重叠在一起。另一部分则是瘞埋在山下云居寺地穴中，过去从未被发掘过。

1956年春，工作人员首先在石经山上搭建了两个工棚作为拓印经版的场地，同时在半山原接待庵处修建工房五间作为生活区。山上没水，要从山下往上挑，买粮要到15公里外的南尚乐村，副食也要到12公里外的石窝村去买。当时唯一的交通工具是小毛驴，条件较艰苦。

4月21日，周叔迦副会长会同北京图书馆金石部曾毅公亲临石经山主持开洞。他们先把经版抬至工棚，清洗干净，编号后再拓印。拓完后放还原洞，最后仍以石门固封。

每石拓印7份，还拓印山上下附近的碑记、摩崖石刻、经幢、造像、题名、题记等75份。石经山上拓印工作于1957年底结束。

1957年夏季，周叔迦副会长同北京大学考古系主任阎文儒，文化部的王去非、俞志超来到云居寺共同研究地穴的发掘工作。

他们根据重要文献资料，找到进行地穴发掘的有利线索。8月7日下午，他们发现了地穴：南北长19米、东西宽10米，深5米。面层以方砖铺墁，四周砌砖墙。

穴内中间有1米宽的土墙相隔，北部大于南部，占全穴的2/3，南北两穴经版的排列形式不同，北部是一排排顺序排列，南部则是纵横交错，共藏经版6层。北穴藏6295片、南穴3787片，共计10 082片。

学术文化活动

当时，由于山上拓印工作未完，便在地穴上面搭建一大席棚加以保护。

从 1958 年初开始，先在穴内编号后再抬至工棚拓印，年底拓完。山上下全部拓印工作历时 3 年圆满结束。

从 1956 年开始，中国佛教协会对房山石经，进行全面调查、发掘、整理，不仅拓印了山上 9 个石洞中的全部经版，而且首次发掘了瘗埋于地穴中的辽金经版，为有史以来规模最大、最有系统的调查。

后来，协会又作了整理、研究，对具有很高学术价值的历代石经题记，作了专题整理和出版发行。

当时，中国佛教协会准备将这份世上稀有的法宝全部拓印出来后，整理摄影印行，作为纪念佛陀涅槃 2500 年向国内外佛教界和文化界的献礼。

1961 年 3 月 4 日，国务院公布的第一批全国重点文物保护单位名单，把房山云居寺塔和石经列为全国重点文物保护单位。全部石经得到了妥善的保护，从而为深入研究房山石经提供了全面、丰富的资料。

恢复保护金陵刻经处

金陵刻经处是中国近代编校刻印佛经的著名佛教文化机构，由清末佛教学者杨仁山创办。

1866年，因江南长时间经历兵火战乱，加上太平天国的狭隘宗教政策，使佛教典籍损毁殆尽。当时，杨仁山和朋友们商讨认为当时佛经大部分刻版都毁灭了，这对于弘扬佛学很有影响，应当把刻印经书的事业恢复起来。

于是，杨仁山与志同道合的10多个朋友募捐集资，创办了金陵刻经处，经营刻经事业，募款重刻藏经。在发起人中，以曾创扬州砖桥"江北刻经处"的郑学川赞助最力。

金陵刻经处草创时期，设写手1人，刻手7人，主僧1人，香火2人，杨仁山自任校勘。

1873年，杨仁山又研究造像，拟好结构，请画家画成极乐世界依正庄严图、大悲观音像等，另外还搜集古代名画佛像，一并刻版流通。

金陵刻经处成立后，多次搬迁。1897年，杨仁山把在延龄巷的住宅60多间并宅基地6亩多，无偿捐给刻经处，作为永久刻印经像、收藏经版、流通佛经的庄严场所，为弘扬佛法、推动佛教事业的复兴作出了巨大贡献。

金陵刻经处正式成立后，杨仁山对各类佛教典籍更是热心搜求，并先后从日本和朝鲜等国寻回了《中论疏》、《百论疏》、《唯识述记》、《因明论疏》、《华严三昧章》等约300种国内早已散佚的隋唐佛教著述，加以刻印流布，使得三论宗、慈恩宗、华严宗等佛教宗派教义复明，俾便后人研讨。

在杨仁山的精心策划下，金陵刻经处还先后刊刻了《大藏辑要》，选佛典465种，计3300卷，另印刷佛像10万多张。鲁迅先生在为他的母亲祝寿时，也曾在这里捐资刻印过《百喻经》。

由金陵刻经处刊印流通的经书，有不少是中国古代失传的佛典，加上刻版采用了经文与注疏结合的方式，而且划分段落，添加句读，并经严格校勘，所以，人们都称赞这里刻印的经书是"最精善之佛典版本"。

1911年，杨仁山逝世后，葬于金陵刻经处的庭院中，并建塔纪念。此后，金陵刻经处由欧阳竟无等主持，因经费拮据而渐趋衰败。日本侵略军攻占南京时，金陵刻经处的经版、房屋大多损毁。

新中国成立后，在1952年，上海佛教协会成立金陵刻经处护持委员会，赵朴初任主任委员，推徐平轩主持恢复工作。

在政府及中国佛教协会的帮助下以及国内佛教同人的护持下，金陵刻经处业务得到开展，规模逐渐扩大。除原有的经版外，中国佛教协会并将扬州、苏州、天津、北京等地刻经处经版和重庆前支那内学院经版都集中在金陵刻经处,加以整理和保管。

从 1957 年起,金陵刻经处成为中国佛教协会下属的事业单位。从此,业务有了进一步的发展,并继续刻印佛教典籍,先后补刻及新刻经版 200 余卷,出版了《玄奘法师译撰全集》,所藏经版也从 4 万多片增加到 15 万片,包括典籍 1570 种,图像 18 种,年刻行经籍 4 万多册,发行国内外。

此外,金陵刻经处还收藏有唐人所写的汉文与藏文佛经,五代、宋、元、明、清历代所刻藏、蒙文经籍,以及用斯里兰卡、缅甸、泰国、柬埔寨等国文字书写的贝叶经。

在佛教协会的领导下,金陵刻经处已成为接待国内兄弟民族和国际宗教界、文化界人士的重要场所之一。

成立地方佛教组织

中国佛教协会成立以来，已经有许多城市，如天津、上海、杭州、重庆、武汉、昆明、福州及山西省等，都先后成立了地方性佛教组织。

上海市佛教协会为上海市佛教界的联合组织，成立于1954年12月，是较早成立的地方佛教组织。

1949年5月27日，上海解放以后，仍由原上海市佛教会负责联系寺、庵等佛教团体及佛教信徒，行使领导上海佛教界的职能。

7月27日，该会成立上海市佛教会生产节约委员会。

1950年1月，成立上海市寺僧青年联谊会。

1951年8月2日，成立上海市抗美援朝分会佛教支会。

在上述基础上，上海市佛教界人士决定筹建统一的佛教组织。

1954年8月7日，上海市佛教协会筹备委员会成立，推选赵朴初为主任，苇舫、方子藩为副主任。

12月，上海市佛教协会第一届代表会议在静安寺正式召开，出席代表134人，代表会议选出理事61人，常务理事21人，通过了《上海市佛教协会章程》，正式成立上海市佛教协会。

会议推选应慈、静权为名誉会长，选举赵朴初为会长，持松、苇舫、方子藩为副会长，苇舫兼秘书长。

上海市佛教协会的宗旨是：

> 遵循佛陀的遗教，庄严国土，利乐有情。发扬佛教优良传统，团结全市佛教徒，遵守宪法和法律，坚决拥护中国共产党的领导和社会主义制度，协助政府贯彻宗教信仰自由政策，维护全市佛教徒的合法权益，为祖国建设和统一大业、维护世界和平作出贡献。

《上海市佛教协会章程》规定上海市佛教协会的根本任务为：

> 组织佛教徒学习党的基本路线、方针、政策和法令，提高爱国主义和社会主义觉悟；
>
> 管理好全市各佛教寺庙和团体，协助各寺庙和团体进行正常的法务活动，反对不法分子利用和假借佛教名义进行各种非法违法活动；
>
> 开展佛教学术研究，配合有关方面保护佛教文物古迹；
>
> 参加促进祖国和平统一的工作，发展与国际间佛教界人士的友好关系等。

　　1956 年 12 月 19 日，上海市佛教协会举行第二届代表会议，选举应慈为上海市佛教协会会长，持松、苇舫为副会长，苇舫兼秘书长。

　　上海市佛教协会自成立以来，在协助人民政府贯彻宗教信仰自由政策，团结佛教徒，办好教务，开展国际友好交往，推动佛教文化交流等方面做了大量工作。

　　1956 年 11 月，协会在拉萨成立了中国佛教协会西藏分会。

　　1957 年 2 月，云南德宏傣族景颇族自治州成立了中国佛教协会分会，西双版纳傣族自治州成立了分会筹备委员会。当时，内蒙古自治区的佛教组织也正在筹备之中。

　　这些地方佛教组织，特别是少数民族地区佛教组织的建立，对于各地区各民族佛教徒的互助合作，对于整个佛教事业的发展，起了很大的作用。

贯彻宗教信仰自由政策

中国佛教协会自成立后，就把协助政府贯彻宗教信仰自由政策作为主要任务之一。

在 1949 年，中国人民政治协商会议所通过的《共同纲领》中就有宗教信仰自由的条文规定。

在 1954 年颁布的中华人民共和国宪法中，公民的宗教信仰自由又被列为专条。

事实上，在我们的国家里，宗教信仰自由不仅是在法律上受到保障，而且在具体事务中是受到政府的积极协助和支持的。

自佛教协会成立以来，全国各地区数以百计的佛教丛林大寺因得到政府的支持而修复。由中国佛教协会兴办的各项事业，也得到了政府的大力支持。

当时，我国正在致力于大规模的恢复建设中，佛教事业能得到这样巨大的帮助，使所有信仰佛教的人们受到无比的感动和鼓舞。

但是，另一方面，各地区发生了不少妨碍宗教信仰、违反国家宗教政策的事件。分析其中原因，颇为复杂。有的是由于佛教徒自身行动有越轨之处，滥用了信仰自由，妨害了群众利益；也有的是一些坏分子混到佛教徒中来，因而引起了事件。此外，也有一些地方政府对政

学术文化活动

策了解不够，因而发生了矛盾。

因此，中国佛教协会号召全国佛教徒，首先应当要求自己爱国守法，分清敌我邪正，不要使宗教政策的贯彻执行遭遇困难。

在这段时间中，作为佛教群众和政府之间的桥梁，中国佛教协会随时向政府反映情况和意见，也随时向佛教群众传达政府的政策、法令和计划，以求宗教的正当利益和要求得到保障和满足，使违反宗教政策的事情不致发生或及时得到纠正。

中国佛教协会继续发挥在群众与政府之间的桥梁作用，并加强中国佛教协会与政府宗教事务部门的联系，以随时了解与反映情况，解决问题，协调关系。

五、丰富文化生活

● 毛泽东对进藏工作人员说："你们在西藏考虑任何问题，首先要想到民族和宗教问题这两件事。"

● 一天，进藏部队在一座寺庙外的旷野上宿营，突然下起滂沱大雨，尽管人人都湿透了，但没有人进寺庙躲雨。

● 会长喜饶嘉措致闭幕词，他号召全国佛教徒要贯彻大会的决议，担负起会议所提出的各项任务，坚定信心，勇猛精进，成就"庄严国土、利乐众生"的大行。

召开第二届佛协全代会

1957 年 3 月 26 日至 31 日，中国佛教协会第二届全国代表会议在北京举行。

出席会议的有汉、藏、蒙、傣、满、土、裕固等 11 个民族的代表共 213 人。朱德接见了全体代表。

在开幕式上，中国佛教协会副会长喜饶嘉措致开幕词。他说：

各位代表、各位来宾：

中国佛教协会第二届全国代表会议现在开幕了。

……

在这次会议上，我们将请民族事务委员会萨空了副主任作时事报告。听取和讨论赵朴初副会长的工作报告，讨论和修改本会的章程，选举新的理事会。

希望各位代表本着过去的经验，各抒己见，畅所欲言，反复研究，充分协商，推进中国佛教协会的工作，使它在发扬佛教优良传统，弘法利生，团结全国佛教徒配合政府努力参加社会主义建设，及保卫世界和平运动等方面更加有所贡献。

在会上，副会长赵朴初向大会作了中国佛教协会成立以来的工作报告。他说：

这 3 年又 10 个月的时间，是一段不平凡的时间。我们经历的这段时间是世界和平运动日益开展的时间，是祖国和平建设飞跃前进的时间，是佛陀和平教义广大发扬的时间。

这是一段令人生欢喜心、生精进心的时间。中国佛教协会就是在这样的时节因缘下开始自己的工作的。

从我们教内来看，这段时间正遇到世界许多国家举行佛陀涅槃 2500 年的纪念活动。在所有纪念仪式和集会中，都是以宣扬佛陀的和平教义，号召所有佛教徒反对战争，保卫和平为中心内容。

我会成立之后，首先着重做的工作就是指导并推动全国佛教徒进行关于爱护祖国及保卫世界和平的学习，并且直接参加国际的保卫和平活动。

通过学习，各地佛教徒对于时代的认识，

对于自己的责任的认识，获得了很大程度的提高。各地佛教徒差不多都参加了拥护和平宣言的签名和反对原子武器的签名。许多人参加了增产节约、统购统销、防汛救灾以及其他爱国运动，并在这些工作中涌现了不少的模范和功臣。

我会成立以后，不断地加强着和各国佛教徒的友好往来的关系。曾先后接待过来自亚洲、澳洲、欧洲、美洲几十个不同国家的来宾。

在佛教教育、学术、文化等工作方面，兴办了中国佛学院；接办了《现代佛学》月刊；对房山石经进行了调查、发掘、整理和拓印的工作；恢复了金陵刻经处的业务；搜集整理图书文物。

我会成立以来，已经有许多城市，如天津、上海、杭州、重庆、武汉、昆明、福州及山西省等，都已先后成立了地方性佛教组织。

……

在作了工作报告之后，赵朴初还提出了中国佛教协会今后工作的努力方向。他说：

从当前世界和平运动的要求来看，从祖国

的经济文化建设的需要来看，从佛教事业开展的情形来看，我们必须要求加强中国佛教协会的工作。

我们建议大会行将选出的新的理事会和各地分会及地方佛教协会为贯彻下列任务而努力：

1. 加强指导各地佛教徒的学习，推动他们积极参加祖国建设和保卫和平事业。

2. 加强佛教教育、学术、文化工作，发扬佛教的优良传统。

3. 密切联系佛教群众，积极协助政府贯彻宗教信仰自由政策。

......

诸位代表们，摆在我们面前的任务是光荣的，也是十分艰巨的，让我们团结一致，在人民政府领导下，贡献我们的一切愿力。

在这次会议上，民族事务委员会萨空了副主任、国务院宗教事务局何成湘局长分别作了形势和政策讲话。

会议通过了赵朴初所作的《中国佛教协会第一届理事会工作报告》以及第一届理事会工作报告的决议。

会议经过详细的讨论，认为：

中国佛教协会自成立以来，在殊胜的时节

因缘中，做了不少的工作，取得了显著的成绩。今后全国各民族、各地区、各宗派的佛教徒，应该在这个基础上进一步加强团结，提高爱国主义觉悟，有计划地研修教理和学习时事政策，为发扬佛教的优良传统，并和全国人民一道，为祖国的社会主义事业和人类的持久和平而积极地贡献我们的力量，以报国土恩、报众生恩。

会议修改了《中国佛教协会章程》，选举了新的理事会，包括理事220人，常务理事48人，以及理事会领导成员。喜饶嘉措当选为会长，副会长为：噶登、应慈、静权、能海、赵朴初等。赵朴初还兼任秘书长，副秘书长为：巨赞、周叔迦等。

在会议结束的时候，中国佛教协会名誉会长查干葛根发表了总结发言。

最后，大会圆满结束，在闭幕式上，中国佛教协会会长喜饶嘉措致了闭幕词，他说：

让我们在这次会议的成就的基础上，继续精进，为着祖国的庄严和祖国6亿人民的安乐将如来家业更勇敢地担负起来。

团结教育全国佛教徒

1958 年 1 月到 5 月的几个月中，中国佛教协会组织了一次大规模的汉族佛教徒社会主义学习活动。

在新中国成立后，全国各民族、各宗派佛教徒，在社会的不断进步中，在人民政府的关怀和帮助下，思想认识都在不断提高。

为了帮助各地佛教徒继续进步，使他们能够跟上时代，和全国人民一起积极参加社会主义建设，1958 年，中国佛教协会分别在北京、上海、武汉、西安、成都 5 个城市，集中了各省市的汉族佛教界代表共 1100 多人，举行学习座谈会。

经过学习，到会的绝大部分代表明确了：

> 佛教徒必须和全国人民一样，在党领导下，坚定不移地走社会主义道路，初步划清了资本主义和社会主义的界限，提高了辨别大是大非的能力，从而增进了对于伟大祖国的热爱，建立了对于社会主义美好前景的认识。

学习结束后，又在全国范围内分层进行了普遍传达。广泛的讨论使各地佛教徒大都提高了觉悟，精神焕发，心情舒畅地从事祖国的建设事业和自己的宗教修持。

这样一方面增强了佛教徒从事祖国建设事业的积极性，一方面也为今后我国佛教的健康发展准备了良好的精神基础。这的确是中国佛教协会的一件大事。

为了巩固各地佛教徒的学习成绩，保持不断的进步，中国佛教协会随时注意和各地佛教徒联系。通过个别通信，或中国佛教协会期刊《现代佛学》，指导佛教徒的时代责任和努力方向，并配合各项运动，提供学习资料。有时还针对具体问题和具体思想情况，做一些具体的解答和指导工作。

为了实际了解各地情况，中国佛教协会会长喜饶嘉措和副会长赵朴初，还于 1959 年 5 月、1960 年 4 月和 1961 年 7 月，分别前往五台、九华、普陀、峨眉、天台、庐山、黄山等名山和南京、上海、杭州、武汉、太原、沈阳、长春、哈尔滨、西安、成都等地及青海塔尔寺、甘肃拉卜楞寺，和当地佛教界人士进行广泛的接触，了解情况，听取意见，对佛教徒参加社会主义建设和政治学习以及宗教学修等等问题，都做了多方面的鼓励。

同时，对各地寺庙要求政府帮助以及其他有关贯彻宗教信仰自由政策的一些问题，都向各地政府反映情况并提出意见。对于各地来京的佛教人士，包括西藏、内蒙以及其他少数民族地区和国外华侨佛教界团体或个人，都主动地进行协助和招待，增进了彼此感情上和工作上的联系。

●丰富文化生活

参加社会生产运动

1958 年后，在全国的大生产运动中，中国佛教协会号召全国佛教信众积极参与社会生产。

通过社会实践，佛教徒们更深切地体验了佛教中的"报恩度苦"、"忘我利他"的大乘积极精神，同时实现"庄严国土、利乐有情"的佛教理想。

各地的佛教徒，很多寺庙和个人，在农业生产或其他工作岗位上都做出了优异的成绩，被评为先进集体和劳动模范或先进工作者。

例如：九华山的僧众在 1959 年上半年一次农业生产成绩的评比中，就涌现了 7 个模范和先进生产者。云居山的僧众，在 1958 年到 1959 年一年的时间内，经评选出来的劳动模范和先进人物就有 30 人。五台山僧众绿化荒山，从 1957 年到 1959 年之间，绿化面积扩大了几十倍，取得了优异的成绩。

在农村合作化高潮中，为组织僧众参加生产，当时的武汉市佛教协会会长、武昌三佛寺住持大鑫法师将三佛寺大部分房屋让出创办装订生产合作社。

1958 年，大鑫法师又创办制盒厂、药用安瓶厂和鞋衬厂，使武昌区近 400 名僧尼自食其力。9 月，大鑫法师担任了湖北省佛教协会副会长。

1959 年，大鑫法师担任宝通寺方丈时，又创办了食用菌生产厂，厂房由 80 平方米发展到 1800 平方米。从菌种培养到蘑菇、草菇、香菇的生产全由僧人自理，菌种远销湖南、黑龙江、青海等省，还为外地参观者举办义务培训讲习班 14 期。

1960 年，在春季技术革新运动中，各地佛教僧尼也有不少创造发明的事例。许多佛教名山，如南岳、峨眉、天台、天童、灵岩、鸡足等以及全国各地的佛教徒，在党和政府的领导下，从事工、农业的生产劳动或文教卫生事业，都普遍取得了优良的成绩，呈现出一片生气蓬勃的景象。

几年来，中国佛教协会通过多方面的共同努力，使全国各地佛教徒的思想意识和行动实践，都有了显著的进步。他们逐渐认识到社会的建设工作和个人的宗教修持并不是互相排斥的，而是可以很好地协调起来的。

协助平息西藏叛乱

1949 年 10 月 1 日，中华人民共和国正式成立，广大藏族人民和上层爱国人士积极要求赶出帝国主义在西藏的势力，解放西藏。

西藏解放前，实行的是上层僧侣和贵族专政的封建农奴制。西藏肥沃的土地，以及草原上的牦牛和羊群，都属于三大农奴主，农奴没有一点人身自由，还要交人、地、畜三项税的差役，并受到种种惨无人道的酷刑。因此，西藏的广大农奴迫切要求挣脱农奴制的枷锁。

1950 年 1 月，十世班禅致电毛泽东、朱德：

> 西藏系中国领土，为全世界公认，全藏人民亦自认为中华民族之一……
> 谨代表西藏人民，恭请速发义师，解放西藏，肃清反动分子，驱逐在藏帝国主义势力，巩固西南国防，解放西藏人民。

著名爱国人士益西楚臣也在西宁发表谈话，控诉帝国主义侵略西藏、唆使亲帝分子杀害爱国的热振活佛的罪行，请求人民解放军进军西藏。

1950 年 8 月，格达活佛为和平解放西藏，不顾个人安危前往拉萨，以自己的亲身经历说明人民政府和人民

共和国故事 · 佛陀盛世

解放军是如何尊重宗教信仰自由的。但是，格达活佛却遭到策划西藏"独立"的英帝国主义的暗害，其行径之卑劣，引起了全国人民强烈的愤慨。

达赖喇嘛亲政不久，于 1951 年 1 月 27 日，派人到新德里请中国驻印度大使转达他致中央人民政府的信件，报告他亲政情况，表示愿意进行和平谈判。

2 月 28 日，达赖又派出以阿沛等 5 人为代表的谈判团，于 5 月 23 日，在北京与中央人民政府正式签订关于和平解放西藏的《十七条协议》。

《十七条协议》签订后，达赖致电毛泽东说：

中央人民政府毛主席：

今年西藏地方政府特派全权代表噶伦阿沛等 5 人，于 1951 年 4 月底抵达北京，与中央人民政府指定的全权代表进行和谈。双方代表在友好基础上，已于 1951 年 5 月 23 日签订了关于和平解放西藏办法的协议。西藏地方政府及藏族僧俗人民一致拥护，并在毛主席及中央人民政府领导下，积极协助人民解放军进藏部队，巩固国防，驱逐帝国主义势力出西藏，保护祖国领土主权的统一，谨电奉闻。

西藏地方政府达赖喇嘛
公历 1951 年 10 月 24 日
藏历铁兔年八月二十四日

● 丰富文化生活

至此，西藏在经历了近半个世纪帝国主义势力的侵扰后，终于和平回归到祖国的怀抱里。

1951年5月23日签订的《十七条协议》第七条明确规定，在西藏"实行中国人民政治协商会议共同纲领规定的宗教信仰自由政策，尊重西藏人民的宗教信仰和风俗习惯，保护喇嘛寺庙。寺庙的收入，中央不予变更"。

在协议签订的当天下午，中央人民政府毛泽东主席在听取谈判情况汇报后，对进藏工作人员说："你们在西藏考虑任何问题，首先要想到民族和宗教问题这两件事。"

根据《共同纲领》、《十七条协议》和毛泽东的指示，进藏人民解放军和工作人员严格遵守和执行宗教政策，尊重和保护藏族人民的宗教信仰自由，尊重和保护藏传佛教各教派的信仰特点和宗教传统。

1951年，部队在进军西藏前颁布了《入藏守则》，其中就有：

　　保护西藏人民信仰自由，保护喇嘛寺庙，一切宗教设施不得因好奇而乱动，更不得在群众中宣传反迷信或对宗教不满的言论；

　　未经同意不住寺庙，不住经堂；

　　战时严禁借住寺庙或参观喇嘛寺庙；

　　平时如欲参观，必须先行接洽，在参观时不得随意摸弄佛像，不得吐痰放屁，等等。

部队在进藏过程中，严格贯彻了《入藏守则》。

一天，进藏部队在一座寺庙外的旷野上宿营，突然下起滂沱大雨，尽管人人都湿透了，但没有人进寺庙躲雨。这件事感动了寺庙里的喇嘛，他们送来茶水，并要部队把伤病员抬进寺庙去避雨。

部队进藏后，进藏部队领导张经武、张国华等带领随员先后到哲蚌寺、色拉寺、甘丹寺、大昭寺等寺庙同上层喇嘛谈心。

从1951年10月18日起，先后为大昭寺、小昭寺、上下密院的喇嘛发放布施；1952年传召期间，又向参加传召大法会的喇嘛普遍发放布施。

进藏人民解放军和工作人员严格执行宗教信仰自由政策，尊重藏族人民风俗习惯的行为，得到了西藏僧俗群众的赞誉，他们称颂人民解放军和进藏工作人员是"菩萨兵"。

1954年9月，达赖、班禅作为第一届全国人民代表大会代表，参加了全国人民代表大会。达赖在发言中说：

> 在敌人的各种挑拨离间中，主要的一项，就是造谣共产党、人民政府毁灭宗教。西藏人民具有很浓厚的宗教信仰，这些谣言曾使他们疑虑不安。
>
> 但是，现在共产党、人民政府毁灭宗教的挑拨离间的谣言，已经完全破产了，西藏人民

丰富文化生活

已经切身体会到了我们在宗教信仰上是有自由的。

为此，达赖还向毛泽东敬献了几件礼物，其中有一个精巧玲珑的千辐金轮。

可是，当时西藏上层统治集团中的一些人反对西藏的民主改革，企图永远保持野蛮残酷的农奴制，以维护其既得利益。他们撕毁《十七条协议》，在外国势力的支持下，多次进行分裂祖国的武装叛乱活动。

1959 年 3 月 10 日，在西藏拉萨发生的全面武装叛乱，就是经精心策划而挑起的。

2 月 7 日，达赖喇嘛主动向西藏军区副司令员邓少东等提出："听说西藏军区文工团在内地学习回来后演出的节目很好，我想看一次，请你们给安排一下。"

邓少东等当即表示欢迎，并请达赖确定演出时间、地点，同时将达赖的这一愿望告诉了西藏地方政府的索康等噶伦和达赖的副官长等人。

3 月 8 日，达赖确定 3 月 10 日下午 15 时到西藏军区礼堂看演出。西藏军区方面为此做了认真周到的接待准备工作。

3 月 9 日晚，拉萨墨本市长却煽动市民说："达赖喇嘛明天要去军区赴宴、看戏，汉人准备了飞机，要把达赖喇嘛劫往北京。每家都要派人到达赖喇嘛驻地罗布林卡请愿，请求他不要去军区看戏。"

第二天早晨，叛乱分子胁迫 2000 多人去罗布林卡，又散布"军区要毒死达赖喇嘛"的谣言，呼喊"西藏独立"、"赶走汉人"的口号。

叛乱分子当场打伤西藏地方政府卸任噶伦、时任西藏军区副司令员的桑颇·才旺仁增，用石头将爱国进步人士、自治区筹委会委员堪穷帕巴拉·索朗降措活活打死，并拴在马尾上拖尸到市中心示众。

随后，叛乱头目连续召开会议，加紧组织和扩大叛乱武装。他们公开撕毁《十七条协议》，宣布"西藏独立"，全面发动了背叛祖国的武装叛乱。

虽然，罗布林卡受到叛乱分子控制，同达赖喇嘛联系十分困难，中央代理代表谭冠三仍设法通过爱国人士先后于3月10日、11日和15日给达赖喇嘛3封信。

谭冠三在信中表示，体谅达赖喇嘛的处境，关心他的安全，并指出叛乱分子猖獗地进行军事挑衅，要求西藏地方政府立即予以制止。

达赖喇嘛也于3月11日、12日和16日先后给谭冠三复信3封。但是，3月17日夜，在叛乱分子掩护下，噶伦索康、柳霞、夏苏等叛乱头目挟持达赖喇嘛逃离拉萨，前往叛乱武装的"根据地"山南。叛乱失败后，又逃往印度。

达赖喇嘛离开拉萨后，叛乱分子纠集约7000人，于3月20日凌晨，向党政军机关发动全面进攻。

人民解放军在忍无可忍、让无可让的情况下，奉命进行反击。在藏族爱国僧俗人民的支持下，仅用两天时间，就彻底平息了拉萨市区的叛乱，以后又平息了叛乱分子长期盘踞的山南地区的叛乱。流窜于其他地区的叛乱武装也相继瓦解。

此后，达赖在国外反动势力和西藏分裂分子的包围下，完全背弃了自己曾经表示过的爱国立场，加紧从事分裂祖国的活动。他不再像自己声称的那样，仅仅是一个宗教领袖，而是已成为在国外搞分裂的政治头领。

1959 年，藏区发生叛乱时，中国佛教协会会长喜饶嘉措大师，站在正义的立场，坚决反对分裂祖国的行径，他发表讲话说：

> 西藏地方政府和上层反动集团，勾结帝国主义，纠集叛匪进行武装叛乱，是一件可悲的事件。他们违反了西藏人民的意愿，背叛祖国，背叛了佛教教规。

1959 年，中央政府平息叛乱后，继续执行尊重群众宗教信仰和风俗习惯、保护喇嘛寺庙、保护文物古迹的政策。

同时，在人民政府宗教政策和民族政策的坚决贯彻下，在中国佛教协会西藏分会的积极组织下，西藏地区的传统宗教生活迅速地获得了恢复。

原来被叛乱集团作为据点因而受到破坏的寺庙，陆续得到了修复；过去寺庙中存在着的违反国法、教义的封建黑暗制度被废除了；广大过着奴隶生活的贫苦喇嘛和西藏的广大人民群众一样获得了解放；西藏的佛教重新恢复了清净庄严的本来面貌，其他省区的藏族喇嘛寺庙也一样。

中国佛教协会西藏分会在平叛之后，首先协同政府有关部门从事整顿寺庙并组织佛教界人士进行座谈、参观和调查，从而揭发了那些披着宗教外衣的叛乱分子的罪行，揭示了事实真相，提高了大家的认识。

另一方面，为了协助政府做好民主改革工作，分会组织理事们深入农村寺庙进行视察，分会负责人和部分理事直接参加了民主改革运动，做了不少有益的工作。

1960年，十世班禅提出寺庙改革的办法：一是放弃剥削；二是民主管理；三是执行政府法令，宪法进寺庙；四是喇嘛要参与生产；五是老弱喇嘛和专门念经的喇嘛，生活由政府包起来。班禅的这一建议后来在工作中得到了执行。

经过改革，西藏人民群众有当喇嘛的自由，喇嘛也有还俗的自由；各教派一视同仁、平等对待；寺庙僧人通过民主选举，建立民主管理委员会或民主管理小组，自行管理宗教事务，自行开展佛事活动。自此，西藏广大僧俗群众真正获得了宗教信仰自由，实现和保护了包括广大贫苦喇嘛在内的大多数人的基本人权。

1961年10月，由中国佛教协会西藏分会副会长坚白成烈堪布率领的西藏佛教参观团到达北京和各省市，受到了各地佛教徒的热烈欢迎和招待。这些活动大大增进了西藏和全国各族佛教徒及各族人民的团结。

此外，中国佛教协会西藏分会还协助中国佛教协会

丰富文化生活

及有关部门搜集整理有关西藏各教派的历史文献、佛教著名人物传记和重要佛教经典资料；并积极开展佛学人才的培养，西藏地区传统的格西考试制度也在分会主持下进行。

经过西藏民主改革，抹去了封建农奴制度给西藏佛教蒙上的灰尘，使藏传佛教放射出新的光芒。

修复各地佛教圣迹

新中国成立后，国家多次拨款修缮佛教著名的文物古迹。

杭州灵隐寺的大雄宝殿就是经政府拨款重建的。

杭州灵隐寺，是杭州市佛教寺院中最大的古刹丛林，也是东南佛国五山十刹之一。灵隐寺始建于东晋咸和年间，是由印度和尚慧理开山建造的，已经有 1600 多年历史。它不但是广大佛教信徒朝拜敬奉的圣地，也是旅游观光者必到的场所。

在 1949 年 7 月的一天，"轰隆"一声巨响，由于年久失修，杭州最大的古刹丛林灵隐寺大殿倒塌了。当时杭州刚解放不久，百废待兴，政府一时无暇顾及修理，为安全起见，遂将大殿关闭，以防止发生事故。

1951 年夏，周恩来因公视察杭州。在此期间，浙江省及杭州市领导向周恩来汇报了灵隐寺大殿倒塌毁坏的情况，并提出了修复的建议。

周恩来对此事给予极大的关注，指示说：

> 杭州灵隐寺在国内外佛教界和群众中有巨大影响。我们修了灵隐寺，不但可以满足国内信仰佛教的群众朝拜的要求，而且也可以争取

丰富文化生活

089

东南亚那些信仰佛教的国家的支持。

虽然我们是无神论者，但是，我们是历史唯物主义者，要尊重佛教徒的宗教信仰和宗教感情，而且灵隐寺属于千年古刹，也应得到政府的保护。

在周恩来的支持关心下，国家地方共拨款 120 万元，还批了一批物资，为修复灵隐寺大殿提供了经济和物资的保证。而且由浙江省人民委员会文教委员会牵头，组成了"杭州灵隐寺大雄宝殿修复委员会"主持修复工作。省文教委副主任宋云彬任主任委员，浙江美术学院邓白教授，建筑部门的吴寅工程师，以及灵隐寺方丈大悲法师等也参加了修复领导工作。

工程从 1952 年开工，到 1954 年完工，历时两年。整个大殿用钢筋水泥施工，修复后，经过几十年的风风雨雨，气势仍然不减当年。

在灵隐寺大殿的修复过程中，还有一段插曲。在雕塑佛像的过程中，设计人员和佛教界人士的意见产生了分歧。

在没建造佛像前，美院教授设计了一尊小型石膏模型。设计人员从艺术角度考虑，参照全国佛像式样，特别是敦煌石窟的式样，将释迦牟尼的头部发型设计成波浪状，腿部和脚部不外露。他是从艺术品角度出发，用美的外观，突出释迦牟尼的庄严神态。

但是，这个造型方案，在审查中遭到佛教界人士的反对，特别是佛教协会筹委会的人士和灵隐寺方丈大悲法师，提出了强烈的反对意见。他们认为按佛教典籍，佛像三十二相中有一名为"旋发青绀相"，状为青螺，这已成为佛教传统，不能设计成波浪式样，至于腿部则要露在外面。

当时，双方各执己见，一时难以确定。浙江省有关方面的领导听取了各方面的意见，认为都有道理，于是将此事上报政务院。

周恩来亲自指示说："我们修建寺庙，主要是宣传党的宗教信仰自由政策，满足信教群众的宗教信仰要求，造型艺术是必要的，但是主要是为了佛教界信仰上的需要，仍以佛教界人士的意见为主。"

依照周恩来的指示，参照佛教界人士的意见，设计人员对释迦牟尼佛像的头发和腿部造型进行了修改。修复委员会遵照周恩来的指示，修改了设计稿，并用香樟木雕造佛像。佛身净高9.1米，背光中嵌七佛，总高19.6米，莲座高3米，须弥座高2.5米，全部贴金，成为我国最大的木雕坐式佛像。

当时，修复灵隐寺佛像的工程，由浙江东阳黄杨木雕厂的工人承担。佛像全部由香樟木雕刻，由于佛像本身很大，要用樟木逐块拼凑而成，每块均需晒烤加工，不能有一丝变形。因此，工程规模浩大，技术要求很高。

当时，有100多名工人参加雕塑工程，日夜施工。

又快又好地完成了整个佛像雕刻任务。

杭州灵隐寺大雄宝殿的重建，得到了国内外佛教界人士的称道。

当时，在国家的大力支持下，一些佛教名刹圣地陆续得到了修复。在西藏地区，国务院把布达拉宫、拉萨三大寺、大昭寺、日喀则扎什伦布寺等列为国家重点文物保护单位。到 1961 年 3 月，初步整理文物 11 万多件，修缮古迹 10 多处。

经过修复后的名山古寺，每天接待成千上万的游客和朝拜者，成为现代著名的佛教圣地。

组织重建佛牙舍利塔

北京西山佛牙舍利塔的兴建工程，也是国内佛教界很关心的一件事。

佛牙舍利在佛教徒心中是至高无上的珍宝和圣物。根据佛典记载，释迦牟尼佛涅槃后火化，留下两颗佛牙舍利，其中一颗先到了巴基斯坦，后又辗转到新疆和田。

南北朝时，云游路过西域的高僧法显，把佛牙舍利从新疆带到南朝的都城建康，即现在的南京。隋朝时，佛牙被奉迎到西安。五代时期，中原战乱，这颗佛牙辗转传到当时北方辽代的燕京，即现在的北京。

辽咸雍七年，辽丞相耶律仁先的母亲捐资，在北京西北郊翠微山东麓的灵光寺内，修建了一座佛塔，来供奉佛牙舍利，塔名叫招仙塔。

1900 年，八国联军攻占北京时，招仙塔被侵略者的炮火炸毁。

在侵略者离去后，僧人们怀着悲愤而虔诚的心情小心地清理瓦砾、残垣时，他们在塔基下发现一个石函，函中有一个沉香木匣，匣内外有高僧善慧在北汉天会七年即公元 963 年，手题的"释迦佛灵牙舍利"及"天会七年四月二十三日"和满匣面的梵文经。

看到这些，僧人们悲喜交加，喜的是保存 2300 余年的佛牙安然无恙，悲的是 800 余年岿然不动的古塔毁于一旦。僧人们小心翼翼地将佛牙收藏好，秘密保藏、供奉起来。

中华人民共和国成立后，1955 年，佛牙舍利才被迎请到中国佛教协会所在地广济寺，供奉在舍利阁七宝塔中，供国内外佛教徒瞻仰、朝拜。

1955 年和 1961 年，应缅甸和斯里兰卡佛教界的请求，佛牙舍利作为国际友谊的使者，被中国佛教界护送出访两国，接受信徒的朝拜。

1957 年，中国佛教协会在党和政府的关怀和大力支持下，决定在辽代佛牙古塔的废基旁边，重建一座新塔，供奉佛牙舍利。

1958 年 6 月 2 日，在西山八大处动工重建佛牙舍利塔。

经过许多部门的配合和协作，塔身的主体结构工程于 1960 年完成。

后来，还继续修建了山门殿和东、北两配殿，形成一个以塔为中心的佛教寺庙建筑群，成为全国信众乃至世界各国佛教徒巡礼朝拜的圣地之一。

1964 年 6 月 24 日至 25 日，中国佛教界在北京举行了隆重盛大的法会，迎请佛牙舍利入塔，并为新建的佛牙舍利塔开光。

当时，中国佛教协会会长喜饶嘉措大师主持法会，副会长赵朴初、阿旺嘉措、噶喇藏、巨赞、周叔迦及首都佛教界人士参加了这一盛典。

　　柬埔寨、斯里兰卡、印度尼西亚、日本、老挝、蒙古、尼泊尔、巴基斯坦及越南等国佛教界，都应邀派遣代表团前来参加这一盛典。

　　亚洲各国佛教代表团看到中国的寺院得到政府保护，著名的佛教古迹得到重修，盛赞中国人民的宗教信仰自由得到了保障。

不断丰富佛教文化内容

1957 年后，在中国佛教协会第二届全国代表会议到第三届召开这段时间，中国佛教协会在僧伽教育、佛学研究与弘扬方面，继续开展了一系列的工作。

关于佛学院的工作，1956 年成立的中国佛学院，经过不断的整顿和提高，已经逐步走上了健全发展的道路。

从 1959 年起，先后有学员 200 多人结业，学业成绩有明显的长进。

1960 年底，在国家领导的关怀指示下，进一步明确了以后的办学方针"培养走社会主义道路并具有相当佛学水平的佛教知识分子"。

根据这一原则，中国佛教协会总结了 5 年来的经验得失，研究了学制改革。

1961 年下半年，在本科的基础上，成立了研究部。研究部分佛教教理和教史两个研究组。

教理组以研究汉语系佛学思想和各宗学说为主，适当兼顾藏语系和巴利语系的佛学研究；教史组以搜集、整理、综合、研究中国佛教历史为主，适当研究各国佛教历史。

汉语系本科课程包括佛学课、文化语文、外语和政治课。汉语系本科之外，还将增设藏语系，培养蒙藏民族的沙弥和比丘。

关于学术研究工作，从 1953 年到 1961 年，在中国佛教协会领导下的佛学研究单位，业务上也有很大进展。

在佛教文物方面，佛教文物在我国文化遗产中比重极大。中国佛教协会和国内专家合作，进行了发掘佛教文化遗产的工作。

从 1958 年以来，又发现大量佛教文物，这更需要加以系统地研究与整理。中国佛教协会约请了梁思成教授作了"佛教与中国建筑"专题讲述，还计划出版专集，供有关研究工作单位参考。

在中国佛教协会的协助支持下，专门研究石窟艺术的学者阎文儒教授，也在全国各地如甘肃、新疆、四川、浙江等省的各重要佛教石窟，作全面的实地调查研究，进一步提高现有石窟艺术研究水平。

关于出版流通工作，自 1960 年全国出版事业检查调整以后，中国佛教协会对《现代佛学》的编辑工作进一步作了研究改进，改为双月刊，篇幅和插图，都有了增加。对于每期的重要文章，都加了英文摘译。

南京金陵刻经处，几年来已经发展成为全国佛典图像刻版的总厂。保管的经版共达 15 万多块，并在中国佛教协会的指导下，补刻完成了玄奘法师译著全集，共 1347 卷。并进行中国佛教各宗重要著述的编印工作。

为了适应各地需要，中国佛教协会正在筹办一所"北京佛学书店"。除出版和流通有关佛教图书外，并将从事佛像、法器以及其他有关物品的流通。

关于《佛教百科全书》的编纂工作，中国佛教协会接受斯里兰卡佛教界的请求，于 1956 年开始着手英文《佛教百科全书》中国部分的编纂工作。

1961 年，我国佛牙护侍团在斯里兰卡时，斯里兰卡总理班达拉奈克夫人，将新近出版的该书第一卷第一分册亲自签名赠送周恩来，也赠送了一册给中国佛教协会负责人，并郑重表示谢意。

此外，中国佛教协会还协助政府编纂了新中国第一部百科辞典《辞海》的佛教的条目。

在房山石经拓印及研究工作上，国内外佛教界和文化界所关心的房山石经的全部调查、发掘、整理和拓印工作，在党和政府的大力支持下，已于 1959 年 11 月圆满完成，一共拓印了经版 1 万多块，拓出了拓片 7 份。

中国佛教协会在僧伽教育、佛学研究与弘扬方面，继续开展一系列的工作，为我国佛教的发展与繁荣作出了很大的贡献。

召开第三届佛协全代会

1962年2月12日至27日，中国佛教协会第三届全国代表会议在北京举行。

出席会议的有汉、藏、蒙、傣、满、土、白、崩龙、布朗、裕固、卡佤、纳西等12个民族的代表共244人。

在大会开幕式上，中国佛教协会会长喜饶嘉措致了开幕词。

在会上，国务院副总理习仲勋、中央统战部部长李维汉接见了中国佛教协会负责人，中央统战部张执一副部长作了国内外形势的报告，国务院宗教事务局肖贤法局长作了关于宗教政策的报告。

中国佛教协会副会长赵朴初作了《中国佛教协会第二届理事会工作报告》。在报告中，他首先陈述了当前的国际国内形势，然后说：

> 我们可以高兴地说，中国佛教徒的事业，几年来，在这样内外大好的形势下，也取得了很大成就。
>
> 通过一系列的学习，佛教徒的精神面貌也呈现了一片新的气象。佛教徒更深刻地认识了宗教政策的精神实质，以及自己对祖国、对人

民应负的责任。

他们大都能在更大程度上，解脱了旧社会遗留下来的制度上、习惯和意识上的污染，更加踊跃地和全国人民团结在一起，成为社会主义建设事业中的一个积极因素。

随着全国秩序的安定，经济的发展，寺庙的恢复整修，以及僧众们生活的合理安排等等，目前，一般佛教徒大都精神奋发，身心愉快，或从事戒定的修持，或努力经典的研究。新一代的弘法人才，也开始在培养中，并且已有成绩。总之，我们佛教事业，也和全国其他事业一样，前途是无限光明的。

在国际方面，我们恢复了我国和东南亚国家之间中断了将近1000年的佛教关系，促进了佛教南北传两大系统间的互相了解，因而也增进了我国和这些国家间的友谊。

在参加世界和平运动的工作中，我们也和世界各国善良的宗教徒们携手合作，努力于国际友好和平的运动，反对帝国主义的战争阴谋，支持世界各地人民要求独立民主的正义斗争。

在文化交流方面，我们一方面邀请国外佛教学者来我国访问讲学，一方面也设法把我国丰富的佛教学术翻译介绍到国外去。

……

在报告中，赵朴初还从 6 个方面，提出了佛教协会以后要加强的工作。

会议通过了《中国佛教协会第二届理事会工作报告》和《向毛主席致敬电》。

经过认真热烈的讨论，会议一致表示拥护张副部长和肖局长的报告，同意第二届理事会的工作报告，并作出下列决议：

1. 会议一致明确地认识到国内外的大好形势。并一致认为：全国佛教徒必须坚决接受党的领导，走社会主义道路，根据六项政治标准，积极进行自我改造，同全国人民一道，紧密团结在党和人民政府的周围，同心同德，艰苦奋斗，为祖国伟大的社会主义建设事业贡献自己的力量。

佛教协会应继续加强和各国佛教徒的联系，为增进友好，弘扬佛法，保卫人类和平生活，反对帝国主义的侵略政策和战争政策而作出贡献。

2. 会议一致确认：政府的宗教信仰自由政策是正确的、全面的、始终如一的。全体代表对此衷心表示感谢。

今后中国佛教协会和各地分会及地方佛教

协会应当更进一步地增进与佛教徒的联系，协助政府更好地贯彻宗教信仰自由政策。

3. 会议一致肯定第二届理事会几年来在佛教的教义弘扬、学术研究等工作方面，成绩是令人满意的。这首先应该感谢党和政府的正确领导和大力支持。今后，应当在已经取得的成绩的基础上，继续开展工作。

在培养人才方面，应当充实质量，扩大方面，造就具有专长的佛教知识分子以及能够胜任一般业务的僧尼，以适应我们的需要；在研究工作方面，应当尽量组织人力，整理、发掘、研究我国佛教在各个文化领域内的宝贵遗产，逐步开展，做出成绩。

会议选举了领导机构，班禅额尔德尼·确吉坚赞、应慈为名誉会长，喜饶嘉措为会长，副会长为：阿旺嘉措、噶丹赤巴·土登滚噶、赵朴初、能海、松留·阿嘎牟尼、噶喇藏、巨赞、周叔迦、悟古纳、嘉木样。

秘书长由赵朴初兼任；副秘书长为：巨赞、周叔迦、石鸣珂、明真、正果、逝波、隆莲。

最后，大会圆满结束。会长喜饶嘉措致闭幕词，他号召全国佛教徒要贯彻大会的决议，担负起会议所提出的各项任务，坚定信心，勇猛精进，成就"庄严国土、利乐众生"的大行。

六、深化国际友谊

● 斯里兰卡总理班达拉奈克夫人，把新出版的《佛教百科全书》第一卷第一分册，亲自签名赠送给中国总理周恩来并郑重表示感谢。

● 赵朴初向周恩来建议："中日邦交正常化可通过民间促官方，佛教是很好的载体。而鉴真大和尚的题材很好，可以担任民间大使。"

● 1961年7月，由赵朴初等人组成的中国佛教代表团参加在日本举行的世界宗教徒和平会议。

组织与各国佛教界交流

中国佛教协会的另一重要任务，是加强同世界各国佛教徒的友好联系，增进相互间的了解和合作。

经过努力，中国佛教协会同各国佛教徒的友好关系，都有了很大的发展。

几年来，中国佛教协会先后接待了来参观访问的 20 个国家的外宾，其中包括团体与个人，包括东方的和西方的、佛教的和非佛教的国家，并和亚、澳、欧、美 27 个国家的佛教团体与个人进行了通讯联系，或交换书刊和礼物。

1957 年，中国佛教协会应柬埔寨王国政府的邀请，派遣了以持松法师为首的中国佛教代表团前往柬埔寨，参加佛陀涅槃 2500 年纪念活动。

1958 年，西哈努克佛教大学监督胡达法师，代表摩诃尼迦耶僧王，率领柬埔寨佛教代表团应邀来访。

1961 年，中国佛教协会会长喜饶嘉措大师率领中国佛教代表团，出席在柬埔寨首都金边召开的第六届世界佛教大会。这一系列的往来活动，不仅恢复了，而且发展了两国佛教徒 1500 多年的传统友谊。

1957 年，以持松法师为首的中国佛教代表团访问柬埔寨后，受到越南民主共和国政府邀请，到越南作了为期 7 天的友好访问。代表团受到越南政府和佛教界的热情接待，在以后的日子里，彼此在佛教和平事业中一直有着很好的合作。

1958 年 7 月，中国佛教协会噶喇藏副会长应邀前往蒙古人民共和国出席了甘登庙庙会，同蒙古佛教徒共同欢度了他们的宗教节日，举行了盛大法会。

1959 年 7 月，以甘露喜法师为首的尼泊尔佛教代表团来我国作了一个月的友好访问。代表团回国后，甘露喜法师留在我国一段时期，从事考察、讲演和写作等工作。这一年，我们也曾邀请印度佛学家教授来我国作学术讲演和考察。

我国佛牙舍利曾于 1955 年受缅甸联邦政府的迎请去缅甸，受到缅甸广大人民的朝拜。佛牙回国后，中国佛教协会应缅甸联邦佛教会的请求，制造佛牙模型一颗，赠送给该会。缅甸联邦佛教会特在密支那建了一座宝塔，将中国佛教协会所赠的佛牙模型奉安在内。

随着两国友好关系的增进，中国佛教协会和缅甸佛教界的联系，更加密切了，彼此的往来也更加频繁了。

中国佛教协会和斯里兰卡佛教界的友好合作关系在这一期间也有了很大的进展。

中国佛教协会一系列的对外活动，大大增进了我国和各国佛教徒相互间的了解，加强了彼此在共同信仰基础上的友好团结，并且有助于佛教事业和世界和平事业的进展。

佛牙舍利巡礼斯里兰卡

1961 年 6 月，我国佛牙舍利受斯里兰卡政府和佛教徒的迎请，巡礼到斯里兰卡，供斯里兰卡广大信众们瞻礼膜拜。

中斯两国佛教友好交流历史源远流长，早在 1600 年前，两国佛教界就开始了密切往来。

公元 406 年，斯里兰卡僧人昙摩抑长老来到中国传播佛教。公元 410 年，我国的著名高僧法显赴印度参学佛教并在斯里兰卡著名的无畏山寺居住两年，巡礼佛迹并在其《佛国记》中详细记述了当时斯里兰卡的佛教盛况。

此后，两国佛教友好交流持续不断，特别是公元 433 年，斯里兰卡的铁萨罗等 11 位比丘尼到中国传授比丘尼具足戒，使中国有了比丘尼僧团，至今传灯不断。

新中国成立后，两国佛教进一步加强了友好交流。

1952 年，斯里兰卡佛教代表团参加了在北京召开的亚洲及太平洋区域和平会议。

1957 年，中国佛教协会副会长赵朴初，率领中国佛教代表团，到斯里兰卡去出席世界佛教徒联谊会时，同斯里兰卡佛教僧俗人士作了广泛接触。这是新中国成立后与斯里兰卡的第一次友好交流。

后来，两国佛教界经常派代表团互访。斯里兰卡纳拉达长老、乾达难陀和拉达纳萨拉法师，斯里兰卡著名学者马拉拉塞克拉博士，先后应邀到我国讲学、参观和访问。

1960 年 10 月，为纪念中国古代高僧法显到斯里兰卡取经 1550 周年，中国佛学院委托中国驻斯里兰卡大使张灿明向斯里兰卡维迪阿兰卡拉大学赠送了一批佛经和佛教书籍，并由斯里兰卡内政、工业和文化部与中国驻斯里兰卡大使馆联合举办了中国佛教图片展览会。

1961 年，中国的佛牙舍利应斯里兰卡政府的邀请赴斯里兰卡巡礼，更为两国佛教的友好交流产生了良好的影响。

为了迎请佛牙舍利，斯里兰卡政府特别组成了"斯里兰卡迎奉佛牙代表团"，代表团以工业、内政和文化部国会秘书亚里亚达萨为首，来到北京迎请佛牙舍利。他们还携带了神圣菩提树苗一棵，代表斯里兰卡总理班达拉奈克夫人赠送给我国。

中国佛教协会组织了以喜饶嘉措大师为首的佛牙护侍团，护侍佛牙舍利前往斯里兰卡。

当佛牙舍利到达斯里兰卡时，受到斯里兰卡政府和广大人民的盛大欢迎和礼敬。斯里兰卡总督和总理都亲自到机场欢迎。佛牙在斯里兰卡两个月，巡行了 8 个省、9 个城市，经过了 15 个行政区，受到了 300 多万人的瞻礼。

1961 年 8 月 12 日，佛牙舍利返回我国，斯里兰卡政府派遣卫生部长贾亚苏里亚护送。这次佛牙到斯里兰卡的巡行以及双方使节的来往，在佛教史上是一件具有重要意义的大事。

在 1956 年，中国佛教协会就应斯里兰卡政府和佛教界的请求，集中了国内知名的佛教学者开始英文《佛教百科全书》中国部分的编撰工作。经过数年的努力，共撰写条目 330 篇，约 150 万言，并进行了英译。这是一件极有意义的佛教学术国际合作。

1961 年，中国佛牙护侍团在斯里兰卡时，斯里兰卡总理班达拉奈克夫人把新出版的《佛教百科全书》第一卷第一分册亲自签名赠送给中国总理周恩来并郑重表示谢意。

从此，我国和斯里兰卡两国佛教界的友好交往得到了进一步发展，开始谱写新的篇章。

组织促进中日友好活动

1957 年后，中国佛教协会和日本佛教界的联系与合作日益增多，也日益密切起来。

在那几年中，经常有日本佛教界人士参加各种代表团来我国访问，和中国佛教协会及各地佛教人士就有关宗教及其他问题交换意见。

1957 年，全日本佛教会应中国佛教协会邀请，派遣了以高阶珑仙长老为首，包括日本各重要宗派代表人物的"日本佛教访华亲善使节团"来我国访问。

日本佛教代表团除到东北、西北、华东等各地参观外，并专程朝拜了净土宗祖庭山西交城玄中寺。

9 月，以全日本佛教会会长、曹洞宗管长高阶珑仙为团长，与净土宗著名学者冢本善隆、真宗大谷派的菅原惠庆为副团长的日本佛教友好使节访华团一行 16 人来我国访问。

日本佛教友好使节访华团在中国佛教协会赵朴初居士、巨赞法师、周叔迦居士等的陪同下，来到玄中寺，同僧众一起举行了庆祝净土古刹复兴和为昙鸾、道绰、善导三大师像开光大法会。

这次交流活动的圆满成功，对增进两国人民的友谊起了很大的作用。

中国佛教协会赵朴初副会长，先后于 1957 年和 1960 年赴日本参加"禁止原子弹、氢弹世界大会"。日本佛教代表团还和中国佛教协会共同发表了禁止原子弹、氢弹和促进世界和平的声明。

1961 年，日本佛教界朋友在大西良庆长老和大谷莹润长老带领下，大力开展"日中不战之誓"签名运动，把日本佛教界、文化界许多知名人士团结到中日友好的旗帜下。

同年 5 月，以大谷莹润长老为首，并有西川景文、壬生照顺法师参加的"中国殉难烈士名单捧持团"来我国时，和中国佛教协会负责人恳切会谈，并将"日中不战之誓"这份充满日本人民对中国人民友好之情的签名簿，送给中国佛教协会。他们还在佛学院作了讲演，共同举行了"祝福中日两国人民友好"的法会。

1961 年 7 月，由赵朴初等人组成的中国佛教代表团参加在日本举行的世界宗教者和平会议，参访了京都、奈良、宇治等地的名山大寺，受到日本佛教界热烈、殷勤和隆重的接待。

同时，他们还到日本各地参加了佛教、文学、艺术、学术各界举办的各种纪念活动，亲眼看到这次纪念活动确实成为日本人民争取日中友好的全面性群众运动，对促进两国邦交正常化起了很大作用。

1963 年是鉴真大和尚圆寂 1200 周年。

当时，作为日本律宗祖庭的扬州大明寺，还没有对外开放。

中国佛教协会副会长赵朴初审时度势，向周恩来建议："中日邦交正常化可通过民间促官方，佛教是很好的载体。而鉴真大和尚的题材很好，可以担任民间大使。"

周恩来采纳了赵朴初的建议，并经中央同意，由中日宗教界、文化界在扬州大明寺共同举行纪念活动。

于是，赵朴初与郭沫若、楚图南等知名人士一道，不遗余力地与中日两国宗教界、文化界人士商讨，成立鉴真大和尚逝世 1200 周年纪念委员会，并亲任委员会主任。

当时，日本决定将 1963 年 5 月至 1964 年 5 月定为鉴真年，并举行各种盛大的纪念活动。

由于当年鉴真赴日本时，带去了大量中国的雕刻、建筑、医药、绘画、书法、文学等方面的书籍，使日本文化因大量吸纳、融会了中国文化的营养，更加丰富和发展起来。

因此，日本人称鉴真是"日本文化大恩人"。

经多方筹备，精心组织，1963 年，中国佛教协会在扬州大明寺举行了隆重的纪念活动。

当时，大明寺内群贤毕至，梵声洪亮，中日两国人民在这里共同缅怀鉴真大和尚的历史功绩。

赵朴初特地为此写了《纪念鉴真大师，展望中日人民友谊的光明前途》的纪念文章。

这次盛大的纪念活动，在两国人民间产生了巨大影响，大大促进了中日友好事业的发展。

也就是在这次纪念活动中，国务院决定在扬州大明寺建造"鉴真纪念堂"，并且举行了奠基仪式。

通过此次纪念活动也打破了中日佛教交流的坚冰，揭开了研究学习鉴真的序幕。

纪念活动在日本迅速扩展，进而形成全国规模的促进恢复中日正常邦交的运动。此活动一直延续到了1964年，为数年后中日邦交正常化的实现，做了必不可少的铺垫工作。

参加世界和平会议

1961 年 7 月 25 日至 28 日，"世界宗教徒和平会议"在日本东京召开。会议的议题是"全面裁军、禁止原子弹氢弹、非核武装"。出席会议的有来自 18 个国家的 8 个宗教的代表。

以中国佛教协会副会长赵朴初为团长的中国宗教界代表团出席了会议。

赵朴初在大会上发言指出：

> 日本人民曾被日本军国主义者拖上侵略战争的道路而蒙受深重的灾难。世界上最初两颗原子弹就是在日本的和平居民身上爆炸的。当我每次接触到原子弹受害者的时候，总是像看到自己的兄弟姊妹遭遇不幸一样感到悲痛。

他言真情切，日本与会者无不动容。

赵朴初着重指出，当前正面临着人类历史上最重大的问题即"和平与战争问题"。

他说：

> 是听任这个世界上更大规模屠杀的爆发呢，

还是起来消灭战争，保卫世界永久的和平呢？作为宗教信仰者，我们无论从良心出发，或是从我们各自教义出发，都决不能置身事外，袖手旁观。

赵朴初引用佛教教义号召世界各个国家的宗教徒和人民一道进行反对战争、维护和平的运动。他说：

　　释迦牟尼有一次问他的弟子，如何能使一滴水永远不干？弟子回答不出。佛说放到大海里去。

赵朴初还说：

　　维护和平，消灭战争，是全世界范围的事业。我们的目标是共同的，不同的宗教信仰者之间应该亲密携手，紧紧地和世界人民团结在一起，我们就一定能够在保卫和平的事业中发挥出巨大的力量，作出光辉的贡献。因为，我们的力量，我们的智慧，乃至我们的宗教，都是一滴水。只要我们把它放在人民的大海里去，这一滴水，是永远不会干的！

赵朴初的讲话，引起了全场参会人员的共鸣。

会议通过了《京都宣言》。宣言要求废除日美安全条约等、撤出一切外国军队，要求各国签订互不侵犯条约；要求拥有核武器的国家在国际监督下废除核武器；支持殖民地半殖民地的民族解放运动，反对帝国主义、殖民主义的压迫和侵略；要求外国军队撤出南朝鲜，通过和平谈判，实现朝鲜统一；要求恢复中华人民共和国在联合国的合法权利等。

这一宣言指出了宗教徒要保卫和平，应该主张什么，反对什么，应当努力的具体工作是什么。对各国宗教徒来说，这次会议提高了认识，加强了团结，为今后宗教徒的国际合作，开辟了一条新的道路。

但是，《京都宣言》的形成也经过了斗争。一个美国代表曾公开跳出来反对提日美安全条约、反对提军事基地等问题，甚至反对使用"帝国主义"字样。当他遭到各国代表的驳斥时，他便以退出宣言起草委员会来要挟。

这时，赵朴初又发表了精辟的讲话：

> 和平势力对待战争势力，应该像佛对待魔一样。当魔王派遣许多凶神恶煞的魔军向佛进攻的时候，佛伸开五个手指，放出五个凶猛的狮子，魔军立即溃退下去。假使当时佛放出的不是五个狮子而是五只羊，那五只可怜的羊肯定会被魔王吃掉，魔军势必越来越猖狂，哪里还谈得上降伏呢？

115

佛教主张无畏布施，使人类免于恐怖。但是，首先需要自己有大无畏精神，才能布施无畏，自己没有恐怖，才能使别人免于恐怖。宗教徒参加保卫和平运动，首先应当学佛的榜样，对战争势力放出狮子来。

赵朴初的讲话，使起草委员会的成员大受鼓舞，一时间他们都成了"狮子"。因此，《京都宣言》一气呵成地起草出来，并顺利通过！

《京都宣言》是世界宗教徒对当时国际和平事业的又一个重大贡献。中国佛教协会号召全国佛教徒积极拥护这一宣言，和日本宗教徒、全世界宗教徒团结起来，为保卫和平做坚持不懈的努力。

举办玄奘逝世纪念会

1964 年，中国佛教协会同中国人民保卫世界和平委员会、中国人民对外文化协会、中国文学艺术界联合会等 6 个单位，共同发起举办了玄奘法师逝世 1300 周年纪念大会。

6 月 27 日下午，纪念玄奘法师逝世 1300 年大会，在北京政协礼堂隆重举行。

中国人民保卫世界和平委员会主席郭沫若、中国佛教协会会长喜饶嘉措等，首都佛教界和文化界人士，同来自亚洲 10 个国家和地区的佛教代表团和代表，以及一些亚洲国家驻中国的使节和外交官员，出席了大会。

中国文联副主席茅盾致开会词后，"玄奘法师逝世 1300 年纪念委员会"主任委员、中国佛教协会副会长赵朴初作题为《永远的玄奘法师》的讲话。

赵朴初介绍了玄奘法师一生不平凡的经历和所取得的成就，他说：首先，玄奘法师在古代那样困难的条件下西行求法，以 17 年的艰苦旅行，为我国和中央亚细亚以及印度次大陆各个国家、各个民族之间建起了一座文化友谊的桥梁。其后，他又以 19 年的辛勤劳动，为我国留下了一份巨大的文化遗产，1335 卷佛教经典的译本。

赵朴初又说：

深化国际友谊

更重要的是，在他的充实饱满的一生中，为我们树立了光辉榜样。他那种一往直前、决不后退的顽强意志，刻苦钻研、求深求透的治学精神，认真严肃、不弃寸阴的工作态度，对于祖国学术的无限责任感，对于各国友好的真挚热情，都是永远值得我们钦佩和学习的。

在今天，当我国人民正在走上一个空前伟大的经济文化建设高潮的时候，当东方各国人民普遍觉醒、要求友好团结的时候，我们纪念玄奘法师，回顾一下他的极不平凡的经历和成就，是很有意义的。

接着，各国来宾先后登台讲话。他们在讲话中赞扬了玄奘一生的贡献，表达了进一步加强亚洲各国人民的传统友谊和保卫世界和平的愿望。会议还宣读了日本纪念玄奘法师筹备委员会寄来的书面致辞，文中表示希望进一步加强日中两国人民的友谊和团结。

这次大会，对亚洲各国人民的友谊和文化交流的发展，起了重要的作用。

本书主要参考资料

《国史全鉴》本书编委会编 团结出版社

《共和国五十年珍贵档案》中央档案馆编 中国档案
　　出版社

《共和国要事珍闻》郑毅 李冬梅 李梦主编 吉林文
　　史出版社

《风云七十年》郭德宏主编 解放军文艺出版社

《共和国开国岁月》张国星 何明著 中共党史出版社

《中国现代史资料选辑》彭明主编 中国人民大学出
　　版社

《赵朴初传》朱洪著 人民出版社

《二十世纪中国佛教》陈兵 邓子美编 民族出版社

《虚云和尚传》何明栋著 宗教文化出版社